U0022666

不敗的秘密

Author
梁剛
LIANG GANG

自序

寫了二十來年的微型小說，從文學青年熬成了文學中年，儘管期間也寫詩歌、散文，但還是比較鍾情於寫微型小說，或稱之為短小的小說。

喜歡寫微型小說是希望創作小說長話短說，多多精練，能寫成中篇的，盡可能往短篇裡寫；能寫短篇的，則在微型裡寫。這是因為這種文本特質更吻合時代需要，也比較吻合自己的寫作習慣和閱讀習慣。然而微型小說不是短篇小說的簡單壓縮，其人物、情節、結構、語言等文學要素的應用與短篇不盡相同，其風格的轉換也因實際需要而變化，或現實，或抽象，或空靈，或怪異，但不管是象徵性的還是寓言性的，其隱喻、錯位的手法常常是加大小說容量的一種手段，從而使其小而不小，「言已盡而意無窮」；使讀者能在短小的篇幅裡讀到「象外之形」和「弦外之音」；能從中去發現、去豐富、去聯想。但真要做到這點委實不易，這除了自身的功力有限外，還囿於各人不同的生活經驗和價值趨向的差異。因此也只能遵循「仁者見仁，智者見智」的原則，去乞求上蒼的寬容和讀者的理解了。

在創作微型小說的十幾年裡，我寫得很慢，一般都有感而發，前前後後在全國各省市級報刊發表了兩百餘篇微型小說作品，其主要作品散見於《新民晚報》、《南方日報》、《羊城晚報》、《微型小說選刊》、《百花園》等數十家報刊，部分作品被反覆轉載，其中〈不敗的秘密〉被作為閱讀分析題選入二〇〇九年福建高考模擬卷。

本次彙編的這本微型小說集，是在已發表的兩百餘篇作品中選出的九十九篇，並根據其不同內容設置成不同欄目，如社會方圓、市井故事、驚悚懸疑，多元職場、愛情魔方等。在社會方圓欄目中的一些作品，比較類似於「新聞小說」，小說不是新聞，其人物是小說的靈魂，但社會熱點問題又是小說的主線和情節，如〈剎車〉所要反映的是「激情犯罪」問題，社會不公常常是這種犯罪的導火索，天使和罪犯常常只有一步之遙；又如〈送紅包〉醫患關係的一種異化，而〈索賠〉則是醫患矛盾在升級之後的一種默契，這種默契卻是以社會背後的諸多無奈來實現的。

〈不敗的秘密〉最初發表在《新民晚報》上，後被廣泛轉載。選擇這篇作品為書名，不僅是我對這篇作品的偏愛，更是因為這篇作品的所要表達的思維方式，具有一定的啟示作用。小說不僅在講一個故事，在設置一個曲折的讓人感到意外的情節，更在告訴讀者一個理念，一種散發性的思維方式，所以故事的結尾不是一種刻意的安排，而一種思維的逆向推進。後來有人問我，福建模擬高考卷中的標準答案是否就是你的答案？這真讓我難以回答，因為散發性思維的影響是「潤物細無聲」的一個緩慢過程，它不可能用一個標準答案就能回答清楚，但作為選題，老師將這篇作品作為學生的閱讀分析，其本身就是對作品的肯定，其作用也無需我多說。

市井故事欄裡許多人物經歷，都是發生在我身邊的一個個故事，這些庸常的俗俚的市井人物，每每在我心中滑過，最終又被滑出筆端，走進我不經意設置的情節裡。通俗著，平常著，卻又時時讓人有幾分感動，有幾分唏歎，有幾分失落。

〈意料之外的面試〉是我職場體驗中的一個經典，作品曾被十幾家報刊轉載，在第五屆全國微型小說年度評選中榮獲三等獎，後又入選南京師範大學的漢語教材。

在多元思維欄目裡，我想著重提一下〈推理〉，這篇作品的原創稿發表於《微型小說選刊》的創作欄裡，發表之初沒引起什麼太大回響，作品發表已有五六年了，至今還被一些媒體在轉載。作品以錯位的手法，寫了兩段完全不同的思維方式，即由散發性思維和邏輯性思維所構連的兩個對立故事，故事本意就是要將兩種思維方式進行一次碰撞，在碰撞中讓讀者去感受火花濺落時的異彩，其結果自然是見仁見智的，但反差之大，出乎我的意料。如一家報紙把這篇作品的題目改為〈騙局〉，把其當成一篇破案題材的小說，也有把其當作娛樂小品的。其實圓形思維與方形思維在不同場合、地點所展示的作用是完全不同的，但圓形思維是創新思維的一種，而想像力和創造力永遠是民族發展的原動力。

〈為一場戰爭默哀〉則是對戰爭的一種思考，以小容量的篇幅去容納盡可能多的內容，是這篇作品的一大特色。

〈愛情之門〉是我在愛情魔方欄裡最偏愛的一篇作品，在愛情的魔術方裡，傳統和現代始終存在著較大差異，「距離」原理，激情閃現等，已成了兩代人完全不同的理解，但愛情是把雙刃劍，其無比美好的背後，常常氤氳著淡淡的哀愁；癡情的代價，常會為另一種生活狀態買單。理性的婚姻不絢麗，但感性的婚姻一定有諸多無奈。許多年前，該小說的主人公常跑到我辦公室來，每天相處，他的故事就一直纏繞著我，他的故事足以寫篇中篇小說，但我最終把它寫成了微型小說，並用一種較為詩意的敘述方式，演繹了一個愛情故事，闡述了一種愛情哲學。小說中的那道門檻是一種象徵，跨過去，是愛情的一種勝利，卻是人生的一種失敗。

這本集子還編寫了一些醫界人物，因為曾經我有過學醫行醫的經歷，那些人物個性爛熟於心，寫起來比較得心應手。比如〈遊醫〉中的人物，是我學醫時見識過的人物，而那些傳奇人物卻在遠離我們，我們在丟失某些國粹的同時，也在丟失一種精神，一種辯證的思維方式和一種圓融的生活態度。

寫小說，自然是盡可能要寫得好看些的。所以我也會按照創作微型小說的諸多要素，去設置情節，製造懸念，然後抖出一個「歐・亨利」式的結尾。但我決不會為製造懸念而刻意編排情節，也不會為湊滿字數而拉長故事，當短則短，當長則長，用什麼樣的表達方式去完成創作，則完全遵循作品本身的需要。不給自己設置套路，堅持多元嘗試，寫著寫著，就成了現在這個樣式。

目次

輯二　市井故事　67

輯三 驚悚懸疑

輯五 愛情魔方 239

輯一

社會方圓

不敗的秘密

蕭華上大學的時候，學姐就告訴他，校門口有兩家糖炒栗子店，斜對門開著。一家店的糖炒栗子每斤九元，另一家是八元，品質差不多。當然，學生們透過性價比，賣八元一斤的那家店生意出奇的好，每天車水馬龍排長隊；而另一家店則生意比較清淡，偶有情侶經過，或是怕排隊耽擱時間的，或死認「一分錢一分貨」的人才會光顧。但是即使這樣，這家店仍不見倒閉，學姐也很納悶。

生意不好的那家店，小夥計依然非常賣力，麻利地翻炒著栗子，把那糖炒栗子的香味溢得滿街都是，一邊還大聲吆喝：「好吃，別錯過，又甜又香的糖炒栗子！」但被吆喝來的人上前一問價，側眼看見斜對面排著長隊的那家店，便折身過去問價。這一問，就堅定不移地排到隊伍後面去了。

生意好的那家店的老闆並不吆喝，他只在店門口掛了一塊牌子，上面寫著：「品質更好，價格更低！糖炒栗子每斤八元。」

兩家店較著勁開了好幾年，仍沒見死不降價的那家店關門大吉，蕭華也萌生了好奇。蕭華是學行銷專業的，知道聚集經濟原理，但他不明白生意好壞如此懸殊的兩家店怎麼開到了一起。

於是他就去問那家少人問津的店夥計：「生意這麼清淡你們怎麼維持呀！」

夥計神秘地笑笑說：「我沒閒著，生意很好呀。」

蕭華百思不得其解，明明是「門前冷落車馬稀」，怎麼說好呢？

夥計看了蕭華一眼說：「有人願意買八元一斤的糖炒栗子，也有人願意買九元的，這沒什麼好稀奇的。」

蕭華想想也對，市場消費是多元的，但問題是，剔除成本，邊際利潤必須等於大於邊際成本，根據其客流估算，他不可能盈利，除非他另有銷路，但是……

夥計笑而不答，蕭華更加疑惑。轉身離開，蕭華又去問生意特好的那家店老闆：「你的糖炒栗子比對面每斤賤賣一元，品質是否會有問題？」

老闆說：「怎麼可能呢，我是薄利多銷，而且我的貨銷得越多，進貨價格就會越便宜，貨銷得越快，就會越新鮮越好。」

蕭華暗想：「這個老闆的行銷方法是符合行銷學原理的。」

問了一圈，蕭華更糊塗了。

日子就這麼一天天過去了，兩家店還是毫無懸念地繼續對峙著，一家店照例是生意紅火，另一家店依然是門庭冷落，但兩家店的糖炒栗子都一樣毫無空閒地在不停翻炒，那香味一陣陣飄進學校教室，把學生們的饞蟲引誘得滿肚子翻騰。

但蕭華心中的疙瘩卻一直未解開，四年大學即將畢業，他將獨自面臨市場，但他始終無法明白那家生意清淡的糖炒栗子店為啥能保持不敗，這不符合市場行銷學原理。為了弄清楚這家店背後的秘密和牛存之道，他決定再次一探究竟。

這天，蕭華在這家生意清淡的店門前逗留，一邊暗中打量老闆的經營過程。店門前人流不斷，有問價後折身走開的，偶有毫不在乎掏錢就買的，但老闆似乎並不在意他的生意，他的眼睛不停地掃視著斜對面的經營狀況，他炒完一鍋裝出幾小袋之後，全部將其倒入一個大桶，拖進屋內，然後重新將麻袋中的生栗子倒入鍋中，重新開始加工。

蕭華不知那些被拖到屋內去的栗子會怎麼處理，他突然靈機一動，決定繞到店後去看個究竟，這一看讓他發現了一個秘密！只見一個小夥計將剛才那個裝有熟栗子的大桶搬上黃魚車，然後推著走了。繞過一個大彎，蕭華見黃魚車拐進了對面那家糖炒栗子店的後門，蕭華恍然大悟：「原來他們是一家的呀！」

蕭華拍著腦門暗道：「這種行銷方法絕對是書本上學不到的，老闆真是高明啊！」

剎車

拐進桃源路時，方文中感覺路面情況很好，便稍稍加了點油門。這時，車載視屏正在播放「打壓房價的新政」，後座有兩名乘客藉此話題，爭論起來，一個說：「中國房價漲得太快，是該剎車了。」另一個則說：「剎也不能急剎，須點剎，否則容易發生車禍。」方文中那一刻有點分心，心想：「兩個乘公車的，弄得像經濟學家，你們真這麼能，還能坐我開的公車？」轉眼又到路口，方文中習慣性的把腳挪向剎車，但見前面是綠燈，便把腳換了回來。

然而這時，一名交警站到前面，突然做了個讓他停車的手勢。方文中條件反射，猛踩剎車，隨著車廂內「哇」的一片叫聲，方文中心裡陡地揪緊，一種不祥的預感瞬間掠過。他開始還不明白交警為啥突然讓他停車，待後來看清，交警讓他停車，只是為了讓另一輛拐彎警車先行時，頓時憤怒起來。

一場重大客傷事故驟然降臨。車上幾十名乘客，有十幾名乘客不同程度受傷，其中兩名坐在最後排的乘客，一名顱腦被撞，當場昏迷，一名當場被摔得無法動彈。方文中衝下車子，對著交警大吼起來：「你怎麼指揮的，有你這麼指揮的？車到路口了才叫停，就為避讓一輛特權車！」

交警很年輕，走過來行個禮說：「請把你的駕駛證出示一下，你知道市內道路的行駛速度嗎？你開什麼速度？按規定車速行駛，需要踩急剎車嗎？」

方文中頓時被問得啞口無言。

「快，把車靠邊，先送受傷乘客去醫院。」

方文中這時冷靜下來，趕緊掏出手機給公司安全員打電話。

事故比想像中嚴重得多。十幾名輕傷的不說，但兩名重傷乘客，一名肝脾破裂，左後跟骨折、肌腱撕裂等；另一名顱內出血，生死未卜，即便不死，也會變成植物人。方文中大腦頓時一片空白，他明白這意味著什麼，公車一般不交「乘運人」險，客傷是不計理賠的，故這次事故費用將是個天文數字。

方文中明白，他不能再待下去了。儘管全家的生計都繫於他一身，但他還是準備「剎車」，走人。

然而方文中沒料到，當他把辭職報告交給老闆時，老闆卻憤然跳起：「你想拍屁股走人，沒門！按公司規定，駕駛員發生有責事故，須承擔事故費用的百分之二十，你知道這次事故的總費用是多少？四百萬都搞不定，前期搶救、治療費用已超過一百萬，一個植物人，沒兩百萬你能擺平？你走，我咋辦！」

「這是你的事，我只是個打工的。」方文中突然發起橫來。

「你作夢吧，我傾家蕩產，你全身而退，別想！」老闆猛拍桌子，顯得怒不可遏。

無奈勞動關係在老闆手中，否則方文中才不會跟他囉嗦，但此刻他已失控。他突然衝上去揪住老闆的衣領：「我赤腳的還怕你穿鞋的！」

老闆惱羞成怒，衝他揮起一拳。方文中沒料到老闆會先動手，他不知道老闆的經營已是大不如從前，成本越來越高，但票價不能隨意上漲，本來就是勉強維持，現在出了這檔子事，也是要他命的。更讓方文中沒料到的是，老闆剛動手，門外就衝進幾個人來，圍著把他狠狠地暴打了一頓。

方文中被趕出公司後便迷失了自己，憤怒和羞辱扭曲著他的心緒，他一時無法梳理心中的死結，他毫無目的徘徊，再徘徊。這時手機響起，他極不耐煩地打開，是老婆的聲音：「文中，快回來，那兩個重傷家屬吵到家裡來了，說後續費用公司不管，老闆讓他們找你。」

頓時，一股強勁的血液沖上方文中的腦門，他不吱一詞，轉身往刀具專買店走去。那一刻，一種仇恨已被另一種仇恨啟動，他心裡只有一個念頭：「殺了老闆，把事情鬧大，再讓媒體渲染一下，屆時，那個員警肯定也一起倒楣。」

方文中的心路歷程開始氾濫，僅僅幾秒，他完成了從人向魔的跨越，他邊走邊想。突然，「嘎」的一聲，把他從沉迷中驚醒，一輛轎車急剎在他跟前。

「不要命啦，要死，也要選好地方！」一個男人搖下車窗罵道。

「有種你他媽別剎車呀！我就是想死，你也別活啦！」方文中猛然揮刀衝過去。

男子嚇得放開了剎車。車子便慢慢地前移，前移。

人算不如天算

李芝與老婆失業後一直做防盜門和電子門鈴的銷售、安裝生意。居委會、街道辦事處對他們比較照顧，常給他們一些零星小業務。這次舊區統一安裝防盜門，是個上百萬元的大單，有四十萬元左右的利潤。李芝聽了，想去分一杯羹。

李芝老婆吹枕頭風，要他去疏通市政科的王科長。李芝答應了，這天他特意到銀行辦了張卡，存進五萬元。他知道，現在流行送卡，那東西比較安全。

他走進街道辦事處，但在敲響王科長辦公室房門時，他猶豫了。這樣冒冒失失送卡，王科長是否會收？這幾年，他做些小工程，都沒送過禮，連請吃飯都被拒絕，但誰會跟錢有仇呢？

李芝按照自己的邏輯做出了肯定的判斷之後，敲響了房門。王科長正準備出門。李芝趁他穿大衣之際，快速把那張卡夾進了王科長放在桌上的一本書裡。

李芝第一次給領導送禮，有些心慌意亂。

王科長問：「小李，有啥事嗎？」

李芝就說：「王科長，聽說舊區安裝防盜門，這個活能不能給我做？」

王科長說：「這次工程實行公開招標，你也可以競標，同等條件下，我會優先考慮你。」

「謝謝王科長關照。哦，馬上過年了，給孩子買點禮物。」李芝指指那本書。但無論如何，李芝的表達都有些紊亂，王科長沒弄明白，兩人一起出了門。

李芝一路忐忑不安，感覺王科長沒明白他的意思，怎麼辦呢？對，給他發條短信，順便把取款密碼告訴他。

然而李芝並沒拿到這單活，五萬元打了水漂。李芝有些沮喪，只好自我安慰，王科長拿了他的錢，即便這單沽沒給他，下單活一定會給。

讓李芝始料不及的是，他老婆太小心眼，居然把王科長舉報了。這下捅了馬蜂窩，經偵支隊、紀委同時派人來調查此事。

李芝真想打他老婆：「你不僅害了王科長，也害了我，受賄、行賄都是犯罪呀！」

然而王科長一口否認自己收過李芝的錢款。李芝不依了，這可不是錢的問題，而是人品問題。為了捍衛自己的尊嚴，李芝說出他怎樣將卡塞進王科長的書裡，然後又發短信給他的情況。

王科長依然一頭霧水。他說，他的手機丟了，所以從沒收到過李芝的短信；至於銀行卡，他真的不知道。調查人員按李芝提供的情況在王科的辦公桌上找到了那本書，書中果然夾著一張卡。

出人意料的是卡中存款居然為零。李芝大吃一驚：「不可能！」他大叫起來：「錢，肯定被王科取走了！」

卡中沒有取款記錄。「我真的把錢打進卡裡了！」李芝突然想起，銀行卡都是有卡號的，對一下卡號不就知道誰在撒謊了。

李芝所報的卡號果然與王科長那張不一樣，所有疑點一下子又轉到王科長這裡，但王科長依然否認拿過李芝的卡。

調查人員按照李芝提供的卡號調看了銀行記錄。卡號果然存在，卡中的錢已被取走，但取款人不是王科長。

李芝急了，現在查找取款人，成了弄清真相的關鍵。取款人最終被找到了，是個小偷。那天，李芝到銀行存款時被他盯住，在李芝存完款準備取卡之際，他突然對李芝說：「對不起，你踩到我的卡了。」其實這卡是他事先扔在地上的，就在李芝低頭看地的瞬間，他迅速調換了銀行卡。李芝為了取錢方便，輸入的密碼特別簡單，小偷取走他卡裡的錢便輕而易舉。

李芝跪在地上，大歎一聲：「真是人算不如天算啊！」現在，王科長沒什麼事，李芝卻因行賄忐忑不安了。

陰差陽錯

「又輸了！」姚錢從地下賭場出來時，狠狠地朝地上吐了口痰，覺得無比晦氣。生意做虧了，可以賴市場不景氣，錢賭輸了則純屬運氣。看來只能向老婆莫娟要錢了。

「沒錢！」莫娟一口回絕，「與其讓你賭光，還不如把錢捐給貧困地區。」

「我是你老公，你不能這樣絕情啊。」姚錢抱住老婆，樣子有點滑稽。

莫娟扭身甩開他說：「捐給貧困學生是行善積德，給你是浪費，是糟蹋！」

姚錢隨手拿起一隻玻璃杯往地上狠狠砸去，大吼：「你去死！」

莫娟不屑地回了他一句：「好人一生平安，還不知誰先死呢。」

「平安！」姚錢突然被一語點醒，不由冷笑一聲，心中猛生歹意：「哼，走著瞧吧，看你能平安幾天。」

下午，姚錢去看岳父。

「你怎麼來啦？」岳父有些意外。

姚錢說：「我擔心莫娟呀。她開了一個慈善網，向社會募集捐款給山區貧困失學兒童，為了將所捐款項能給到真正需要幫助的兒童手中，她常要實地去核實，極易發生意外，我想悄悄給她買幾份意外保險，可惜我最近生意虧得一塌糊塗，所以想從您這裡借點。」

岳父瞅了他一眼，似信非信。

「當然，我可沒一點私心。」姚錢一臉的真誠。

岳父想了想，起身從保險櫃中拿出五萬元。

隔天，姚錢用一萬元給莫娟買了十份大額保險，又用四萬元找來一名殺手。他拿出老婆的照片，遞給殺手說：「就這女人，喜歡穿一件黑色的夾克，戴白色絲巾。先給你一萬元訂金，驗明正身後，再付你另外三萬元。」

殺手收起訂金，重重地拍拍姚錢的肩，冷酷地吐出兩個字：「等著！」

這天姚錢特別興奮，老婆到山區核實失學兒童的用款情況今晚也該回了，不，也許永遠回不來了。那一刻，他正喝著啤酒，把一個叫月雯的小姐摟在懷裡，惡毒地想：「你就慈善吧，我讓你老爸出錢，給你買棺材！」

喝完酒，他付給小姐兩百元。

「大哥你也太摳了吧。」小姐邊說邊黏上他身，想搶他皮夾。

他吼道：「兩百元還嫌少，你以為你是公主啊？滾吧！」

小姐一邊嘟囔著，一邊往外走，心裡極不爽，出門前，她順手牽羊將姚錢老婆搭在衣架上的黑色夾克和白絲巾拿走了。走下樓道時，突感一陣寒風吹來，小姐隨即將夾克穿上，跑出大門時，又把絲巾繫上了，暖和多了。小姐心想：「不錯，這件夾克少說也值兩百元吧。」

小姐心情很好，走到路邊向一輛「的士」招手。就在這時，突然迎面駛來一輛集卡，她不及躲避，就被一頭撞倒。

當晚，新聞播報了這起交通事故：「一名女子被一輛集卡撞倒，肇事車輛已經逃逸。女子身穿黑色夾克，繫一條白色絲巾。望知情者主動與交巡警支隊聯繫。」

姚錢在家中看完報導一陣竊喜，不由自主地叫道：「我發財了！」

就在這時，房門被打開了，莫娟走了進來。姚錢見了大吃一驚，臉色頓時異常蒼白，他站起身，努力不讓自己跌倒，輕似蚊子般地問：「回了，路上還好吧？」莫娟沒有理會，徑直走進自己臥室。

莫娟剛進臥室，姚錢就子彈一般竄出了房門。之後，便再也沒有回來。

幾月以後，晨報上刊登了另一條消息：「一男子，雇兇殺妻，因兇手錯殺她人，該男子不肯付清餘款，雙方發生爭執，最後兇手反將該男子殺害。目前兇手已被警方抓獲。」

索賠

俞莉發藥時接到一個電話，是小魏打來的，問她今天啥日子？

俞莉愣了愣神，說：「你生日？」

小魏說：「什麼記性，算了，晚上兩岸咖啡館見。」

俞莉放下電話心裡叨嘮開了：「什麼日子啊？神神秘秘的。」如此稍稍走神，結果把二〇四和二〇五病床的藥給換錯了。

二〇四床的產婦有些產後低熱，按中醫理論是失血陰虛所致，但西醫則按消炎處理；二〇五床只是有些惡露未盡罷了，故治療比較簡單。兩人的藥南轅北轍，原不該弄混，但結果還是弄混了。

俞莉離開病房走回辦公室時，下意識裡突然驚醒，旋即返回。二〇四床沒吃藥，但二〇五床已把消炎藥給吞服了。俞莉趕緊把二〇四床的藥給收了，說按醫囑，要更換新藥。但對著二〇五床，卻不知如何是好。

晚上遇見小魏，俞莉不禁抱怨：「都怪你，上班騷擾我，還留個懸疑考驗我的記憶。」

小魏沒注意俞莉表情，遞上一束花說：「今天是我們相識三年的紀念日呀。」

俞莉沒理睬，扭身說：「你害我把藥發錯啦！還紀念啥，紀念我犯錯誤？」說完，眼睛就紅了。

小魏這才慌了神，結巴道：「我只是想製造些氣氛。」

俞莉早沒了心情，腦子裡反覆想著：「該不該對病人說清楚。古人云：『醫者不可不仁慈，不仁慈則招非。』今天我錯發了藥，儘管誤吃點消炎藥不會對病人造成後果，然而是藥三分毒，還是該讓病人知道，向她道歉，並給她適當賠償才對。」

小魏聽了，跳起來說：「千萬不可，錯就錯了，既然沒啥後果就不要擴大事態，人心叵測呀。」

俞莉沒理會，第二天她還是把自己拿錯藥的事給二〇五床的產婦說了。

二〇五床的產婦聽了一驚，說：「我在給孩子餵奶呢，吃錯藥是否會對孩子產生副作用？」

俞莉非常不安地瞅了產婦一眼，輕聲說：「影響不大的。」

「那就是有影響？」二〇五床的產婦極敏感，瞪大了眼睛說：「你這麼可以這麼不負責，你是怎麼當醫生的？」

恰在這時，她丈夫走進了病房，聽了媳婦如此這般地解釋，眼睛頓時睜得駝鈴般大。

事情一下子鬧大了。男人不似媳婦般細聲細氣，不以哀怨的表情去搏取同情。男人破口大罵，拍桌子，衝院長辦公室。而媳婦則大受驚嚇，嚇得像斷流的趵突泉，奶水一下子少了。

這還了得，後果出來了。誰說以後還會產生什麼副作用？

院方一再賠禮道歉，並提出給他們五百元作為賠償。男人搖頭，搖得跟撥浪鼓一般：「沒有了奶水，孩子以後吃奶粉得花多少錢，即使吃奶粉，現在的奶粉哪能靠得住，那有母乳好，如此便肯定會影響孩子的健康成長，智力水準下降，想想，按此後果，醫院不賠個二十萬元哪行？」

院方耐心解釋說：「院方確實有錯，但消炎藥不會對人體造成傷害，與奶水減少沒有直接的因果關係，故如此巨額的賠款沒有法律依據。而且，你媳婦奶水減少院方有辦法可以讓她恢復。」

「恢復？恢復你們就可逃避賠償了？不可能！」男人大聲吼叫著。

俞莉瀕臨崩潰，便遞交了辭職報告。

院長搖頭說：「事情沒解決前，你怎可一走了之？」

「那我死了算了。」俞莉扔下一句話，扭身就走。

院長嚇了一跳，半晌才緩過神來。他趕緊給小魏打電話，讓他勸勸俞莉別做出傻事來。小魏聽了也是一急，立馬給俞莉打電話，讓她別急，這事他去搞定。

小魏去過之後，那男人果然不再吵了，院方賠了他五千元，並答應幫他媳婦恢復奶水。

「怎麼會這樣？」俞莉困惑不已，「你是怎麼說服他的？」

「說服，怎麼說服？我只給他送了一份快遞，是關於他媳婦懷孕期間，他與第三者關係曖昧的一段視屏。」

「你卑鄙，怎麼弄到這些東西的？」俞莉詫異地盯著小魏。

「透過私家偵探，一家專門找人隱私和人性弱點的公司。」

送紅包

老袁得知母親患病住院時，正在外面應酬。他接到妻子電話後，即對飯桌上的朋友抱了抱拳：「不好意思，老母生病住進五院了，我得趕過去，你們慢用。」

同桌的老丁就說：「慢，我給你打個電話，那家醫院的外科主任我熟。」

有熟人自然好，夜裡行走有人掌燈，總比摸瞎強。儘管母親只是患了急性膽結石、膽囊炎，但畢竟年歲已高，真要動起手術來，還是有一定風險。

「醫生說了，母親患有嚴重的糖尿病、高血壓，手術存在風險。」妻子巴巴地等著老袁拿主意。

老袁突然就湧起一股煩意來：「有風險也要做手術呀，你看母親疼的，你自己看。」

妻子頓時噤聲，只等老袁的下文。

老袁的火氣朝前衝出一段後，因找不到可燃之物便自動熄了。他想了想，便說：「醫生說風險，無非是一種暗示，準備紅包吧，我給王主任送去。」

事先由老丁打過招呼，王主任對老袁很客氣，讓他放心，說切除膽囊不是什麼大手術，一般讓進修醫生做了就可以。如果老袁不放心，他就親自主刀。當然風險也是存在的，畢竟他母親患有比較嚴重的糖尿病。

老袁一聽似乎有所領悟，趕緊拿出預先準備好的紅包往王主任桌前一推，說：「一點小意思。」

王主任並不驚奇，只是淡淡一笑說：「老袁啊，這個你收回去，你不會讓我犯錯誤吧。」

老袁頓時有些尷尬：「哪能呢。」

給醫生送紅包，是需要講究一點瓜田李下的策略，但紅包一定得送。老袁清楚，找個好醫生，外加一個紅包，就像加了雙保險。醫生如果不收紅包，就等於說，他對這個手術沒有百分之百的把握，是給自己留條後路。

老袁給妻子分析了自己的看法：「肯定是送的地方不對，這次我到電梯裡去堵他，等只剩下我們兩個人的時候再給他，這樣總安全了吧。」

老袁確實很有耐心，他在電梯旁守候王主任足有半小時之久，才找準機會跟他單獨在同一個電梯裡碰面。然而從電梯裡走出來時，老袁仍然是一臉的不爽。

妻子問他：「咋啦，他還是沒要？」

老袁沒吱聲，半晌才一拍腦袋說：「哎，電梯裡有探頭，我咋沒想到呢。」

妻子瞅了他一眼，有些膽怯地說：「他總要回家吧，在他回家路上堵他不是更好？」

老袁這次的臉上有了些笑意，說：「行，就去路上堵他。」

王主任這次有些生氣了，對老袁說話的聲音都有些變尖：「我說老袁，你是怎麼啦，我不收你錢並不表示我就會不負責任，我是醫生，治病救人是我的天職呀。」

那一瞬間，老袁的臉都有點抽搐了，他看著王主任的背影，一時有些迷惘。

之後，他對老丁打了個電話，說王主任怎麼這樣啊，老丁說王主任很正派的，他對所有病人都會百分之百的盡責，但不會做百分之百的承諾。手術過程中各種突發情況都可能發生，沒有醫生敢百分之百地拍胸脯。

這時，女兒來了，老袁見到女兒就勾起一股無名火：「你咋現在才來？」

「我要請假，要安排好了才能趕過來呀。」

老袁沒理會女兒的解釋，突然話鋒一轉說：「想想就生氣，去年你談的那個對象，就是那個學醫博士，蠻好的一個人，你非嫌人家沒男人味，否則我們直接就找他了，也不用現在犯愁。」

女兒突然失笑：「老爸，我看你是送紅包送出病來了，你真要送紅包還怕沒地送？我立馬給你打電話，去六院，我高中同學就在那裡當醫生，讓他給你找個更好的主任醫生。」

「當真？」老袁頓時興奮起來。

「那還有假。」女兒邊說邊掏出手機。

「轉院，馬上給母親轉院！」老袁突然親昵地拍了女兒一下。

膽小也當官

吳庸被老婆逼得走投無路了，只能覥著臉去找李局。李局是他發小，儘管是個副局，但還能說上話。

吳庸找李局的表情很滑稽，臉是僵著的，頭也不敢抬：「我被老婆媽踢下床下，都下崗好幾年了。」

李局想笑，但沒笑出來，一個男人能說出這樣的大實話是很丟人的。李局搖著頭，表現出很同情的樣子問：「你沒做啥出格的事吧？」

「我哪敢呀，她嫌我沒出息，至今還是個科員。」吳庸說出這句話時，臉瞬間紅了。

噢，是來要官的。李局沒想到連吳庸這般老實的人也想弄個官當當，哎。他沒吱聲，半晌才說：「局下面有個三級投資企業，要不你去那裡當個副總，幫我看著點。」

吳庸沒想到他如此輕易就心想事成了，真是心花怒放，心想：「搞經營我或許不行，但做個好官家總成吧。」但上任之後他就看明白了，其實想當好官家也不容易。

這家企業王總是投資乙方派出的，那天他笑哈哈握住吳庸的手說：「以後我們就是搭檔，要相互幫襯呀，李局是我們的董事長，你可代表著李局呀。」

吳庸膽小但並不傻，聽了王總的話他頓時多了幾分警覺，馬上回說：「哎，按公司章程，你是第一責任人，我只是你的助手。」

王總哈哈大笑：「吳副總客氣啦，但衝你這股認真勁，我們定能合作好。」

然而不久，吳庸就看出這個王總粗獷背後的精明，許多經營合同，本來應該總經理簽名的，他卻跑來說：「吳副總啊，你是主管經營的，這個合同我看了，沒啥問題，你就代表企業簽名吧。」

吳庸頓時緊張起來：「那哪成呀？」

王總就說：「沒事的，我之所以不簽呢，完全是為了企業利益，以後一旦發生經濟糾紛，就有門縫可鑽了。」

吳庸一時無法回答，但事後想想還是覺得不妥，便想出一個辦法來：「既然我主管經濟，那就先從完善企業的治理結構做起，其中企業蓋章必須走流程，必須使用蓋章單，任何蓋章須經總理批准，名義上是堵住管理漏洞，實際上又把王總拖回來放到火架上去了。」

「讓我簽名，成！但蓋章是你簽字認可的。」王總看著吳庸遞上來的蓋章流程，心裡罵著，嘴上卻不得不說：「吳副總，你想問題就是細。」

吳庸支支吾吾裝傻。王總背後就跟他那幫小兄弟說：「吳庸這人真無用，膽子小得跟老鼠似的。」那些人就說：「是呀，膽小別當官呀。跟他合作沒戲！」

吳庸聽了並不介意，做了幾年官，越做越怕，為了前幾天的事，他還真想撂挑子。那天，李局的侄子找他，說要補簽一個租賃協定，因協定涉及動遷補償。吳庸看得較細，看著看著，他突然發覺其中有詐，就說：「我們企業跟你沒關係呀，你只跟我們的租賃乙方有關，而乙方已經支付補償了。」

李局的侄子就說：「這事我跟我叔說過。」

吳庸不相信：「不可能吧，你這樣做，膽子也太大了。」

李局的侄子就說：「膽大能做官麼。」

吳庸的臉頓時痙攣了，他聽明白了，那是威脅。那一刻，他突然覺得自己不宜當官，他膽太小。

上級領導很快同意了他的要求，另派了一名副總，他被安排到工會做個了副主席，管職工文化膽子點沒啥事。他心裡一下子踏實了許多，老婆儘管罵他，但沒讓他下崗，好壞他還當著官麼。

但不久李局出事了，王總也出事了，整個班子幾乎都被牽涉進腐敗案中了，唯獨吳庸沒事。吳庸是既緊張又竊喜，心想：「不做官真有不做官的好處哎！」

然而群眾不這麼認為：「為啥整個班子都爛了，只有吳庸能夠潔身自好？你們上級領導是怎麼任用幹部的？」

群眾的呼聲還是要聽的，上級領導旋即找到吳庸說：「看來你是經得起考驗的幹部，上級領導經過認真考慮，想讓你擔任公司紀委書記，你有什麼看法？」

吳庸一愣，他開始還以為自己以前簽訂的那些協議中出了啥漏子。他馬上回說：「感謝上級領導信任，但我這個人吧，膽小，恐怕……」

領導馬上打斷說：「我們知道你膽小，我們希望你繼續小著膽子，把一班人監督好，在廉政這個問題上，膽小才好。」

公車改革

胡副總讓王主任到他辦公室商量公務車改革事宜時，王主任早在心裡盤算好了。這種事情一定要想在領導之前的，不能讓領導為這等小事分心。所以當胡副總問：「你看，這事怎麼操作？」

王主任旋即說：「按你的要求，我已經有了一個初步設想。」

胡副總疑惑地看著王主任：「我的要求？」

王主任一笑說：「上次從局裡開完會你就佈置了。」

胡副總也是一笑，心想：「人精呀。」

王主任遞上初步方案解釋說：「一是組織落實，二是宣傳動員，三是……」

胡副總打斷說：「這些虛的就不要說了，說點實際的。公務車改革只涉及高層和中層領導，但具體方案要體現群眾利益，要讓各方都滿意。」

王主任迅速翻到後面幾頁說：「取消公務車之後，群眾利益是一定要體現的，我的初步設想是，普遍提高員工車貼，按職位高低，設置不同車貼標準，比如一般員每月五百元，中層副職一千五百元，正職兩千元，高層副職四千元，正職五千元；另外中層以上一次性發放購車補貼，車輛折價賣給原車主，補貼與車價基本持平，不會增加大家任何負擔。」

胡副總聽了沒吱聲，眉心擰了一個小小的結。

王主任見了就說：「領導是否擔心私車公用問題，這個在方案中已明確，中層以上每月按不同標準享受一定的油貼，發放加油卡，加油基本不用自己掏錢。折舊補貼，就不好再提了，領導幹部應該做出表率，犧牲小我。」

「好！」胡副總大加肯定，「這一點尤為重要，要大加宣傳，要把本次車改與廉政教育結合起來。但是，你想過沒有，高層四位領導都不會開車，取消公務車之後，他們上下班如何解決？當然可以打的，但因公外出以及其他應酬咋辦？」

「這個……」王主任有點猶豫。

胡副總看了他一眼，再看一眼，突然湊近說：「聽說了吧，張總最近要升遷，副總虛位以待，你在主任這個位子上很久了，也該挪一挪了。」

王主任聽了一笑，說：「我懂。」

車改工作為此耽擱了一陣子。但上面催得緊，胡副總作為車改領導小組組長自然是三天兩頭要跟王主任商量商量，一方面是車改所提高的生產成本如何消化，另一方面是不能讓領導因公務車改革而沒有公車坐。

王主任淡淡一笑說：「前一個問題比較好辦，我們是壟斷行業，明裡暗裡提點價就弄平了。領導的用車問題我正在積極努力中，你放心，我保證搞定。怎麼搞定？胡副總還是不放心。」

但在公務車改革方案推出之前，王主任果然就弄來幾輛A6奧迪。他指著那些嶄新的轎車說：「先讓領導看看，滿意不，不滿意讓他們開會回去換過！」

胡副總見了暗急，他趕緊拉他到邊上說：「不會吧，沒跟我商量一下，你就去汽車租賃公司租車了，你不是讓領導犯錯誤麼。」

王主任語焉不詳地一笑，說：「讓領導犯錯的事，我會做嗎？這完全是私人關係搞來的。」

胡副總搖頭說：「租車還需要私人關係嗎？你胡搞麼。」

王主任壓低聲音說：「我辦事你放心，我跟汽車租賃公司談妥了，我給他們提供免費做廣告的場地，他們免費給我們提供四輛奧迪車，這叫資源分享。以後所有的費用往來，都按共用標準延伸合作。」

胡副總緊張起來：「你提供啥地方了？」

王主任指指辦公大樓：「看，屋頂就是廣告平臺，還有我們底下的商場。」

胡副總聽了眼睛一亮，突然就笑起來，而且有點失態地拍了王主任一下：「絕呀，老兄！」

澆花

胡斌和成開都在總經辦工作，年齡相仿，但性格差異很大。胡斌厚道、倔強，成開滑頭、隨和。奇怪的是，張總卻老喜歡使喚胡斌。這天他捧著茶杯踱到窗臺前，突然看見遒勁盎然的盆景朝他擺弄造型，隨即叫喚胡斌：「喂，給它澆點水，以後主動點，不要老讓我喊。」胡斌有些遲疑，欲言又止。

「怎麼，還不願意？」張總用眼瞪他。

「不是，張總，這花我剛澆過水，不能澆太多，再澆會爛根的。」胡斌指著盆景，並走過去用手指摸摸土，說：「很濕呢。」胡斌的專業是景觀設計，具備養護花草的專業知識，他很喜歡盆景，所以維護盆景的活，平時悄悄就做了，從不張揚。

張總有點火：「你跟我強啥強，有說話的功夫，早把水給澆了。去，拿水去！」

這時有個電話進來，張總去接電話，接完電話匆匆出門，出門前還不忘記關照一聲：「把水澆了啊！」之後，張總老是要關照胡斌給盆景澆水，胡斌總要跟他解釋，說：「水澆過了，不能再澆，再澆會爛根。」

張總很生氣，說：「你咋這麼倔，完成領導佈置的工作，是不是你的職責？讓你澆你就澆，你老說根會爛，爛了沒。」

胡斌不想跟他爭：「盆景確實好好的，但是沒爛根，是因為我沒聽你的，是我堅持了原則的結果。」

對於胡斌的倔強，張總終於忍無可忍了。有一天他終於發火了，他朝胡斌吼道：「既然你不願服從領導的安排，那你就重新選擇去留問題吧！」

胡斌真的捲舖蓋走了。

之後張總便讓成開去給盆景澆水，成開很聽話，只要張總一叫，他便應聲而去，而且不把盆景澆得水漫金山，決不甘休。如此，張總很滿意。張總看他澆完花，總會說上一句：「辛苦啊。」成開就說：「應該的，應該的。」

沒過多久，那些花木都死了。

咋會死了呢？張總看著那些死了的盆景，不停地搖頭，說：「以後養花，看來還是要請專業人員來維護。」

成開沒吱聲，他悄悄把那些盆景一扔了之。

這天胡斌偶遇成開，兩人一見如故。胡斌還記掛著那些盆景，說：「張總沒讓你澆水吧？」

成開聽了哈哈大笑，說：「咋會不叫呢。你煩他，就得把那些盆景往死裡整，整死了，他就不叫了。他讓我澆水，我就澆，而且拚命澆，現在盆景都死了，就不再叫了。」

「這樣做不厚道吧？」胡斌不敢苟同。

「啥厚道不厚道，這叫自我保護。」成開一臉得意的表情，說：「那些盆景全被我扔了，張總還表揚我呢。」

胡斌無奈地看著他，良久才說：「如果張總讓你去做的事，會釀成一場火災，會導致國土流失，會損害群眾利益，你去做嗎？做了你就沒一點責任？」

「哎，別跟我玩深沉麼。」成開有點尷尬，面對胡斌一臉的正氣，他不知說啥。

心理測試

「先生，這座位沒人吧？」A男子很禮貌的問。

「沒，您隨便。」B男子回道。

A男子拿出香煙遞過去，「來一根？」

B男子接煙放鼻上聞聞說：「好煙！」

「聽口音，先生是信陽人吧？」

「是啊，您是？聽口音是同鄉。」

「呵呵。」兩男子熱烈握手。

「呀，您看上去氣宇不凡呀。」A男子說。

「哪裡，為生計四處奔波，不凡個啥呀。先生您在？」

「我在監察院工作，小小公務員。」

「公務員呀，真讓人羡慕，我要是混個公務員，那才一個酷呢。」

「公務員算什麼，兄弟您是不願做，您要想做，還不隨便考上了。」

「考公務員哪這麼容易，那可是千軍萬馬過獨木橋呀。」

「兄弟您真要考？我可幫您呀。」

「您真能幫我？」B男子兩眼發光，從座位上騰一下站起來。

「哎，您不夠沉著，做我們這行要沉著冷靜。」A男子表情嚴肅地看著他。

「這不是興奮嘛，我其實我很冷靜，很沉著的。」

「真的嗎？那可要給您做一下心理測試。」

「怎麼做？好，那就做一下，做了您就知道我的心理素質多好了。」

「好，那就開始。」A男子拿起B男子的包說：「我看您能冷靜多長時間。」

B男子微笑著未動。

A男子拿著他的包走出候車室大門，轉了一圈，折返回來。

B男子仍然坐著未動。

A男子就說：「您包裡肯定沒啥貴重物品，否則您不可能沉得住氣。」

B男子就說：「那容易，我把錢和貴重物品交給您，您繼續測試。」男子邊說邊交出皮夾、手錶等。

A男子接過東西說：「我不信您還能沉住氣。」

A男子揚長而去，再未返回。

堵截

何警官一眼掃去，就發覺剛開過的黑色PASSAT車牌有問題，他剛想攔下盤問，身邊有輛自行車撞了一個路人，兩人發生了爭執，他只能用對講機讓前面路口的交警攔下那輛車，先把「爭執」處置一下。

等何警官趕到前面路口時，交警卻說：「是有輛黑色帕薩特轎車開過去，但車牌號不對，所以沒攔。」

何隊長問：「那輛黑色PASSAT是幾點過去的？」

交警說：「剛過。」

何警官一看表說：「過了十五分鐘，不對，前一個路口到這裡最多五分鐘，我過來時沒見有拋錨車，說明那輛PASSAT在此途中又換了車牌。趕快！調看路口攝像記錄，盯住那輛黑色PASSAT。」

這時，何警官的手機響起，電話是他老同學陳力打來的。何警官一陣驚喜：「十年不見了，還沒忘了老同學呀？」

陳力說：「我明天來上海，看世博呢！」

何警官問：「自己開車嗎？」

陳力說：「對，自己開。」

何警官說：「世博期間我特別忙，明天我讓小李過去。」

陳力說：「不用，我把車停在附近的停車場，然後改乘地鐵去找小李，你不急，抽空再見面。」

何警官心中微微感動說：「還是老同學理解我。」

打完手機，何警官去調看路口攝像記錄。

「就是這輛車，車牌仍是假的！」何警官牛氣十足地說，「這輛PASSAT連續調換車牌，看來不是躲避罰款或逃避各種費用這麼簡單，堅決盯住這輛車。」

何警官一個路口一個路口追蹤過來，最後發現這輛黑色輛PASSAT開進了一個居民社區。何警官追進該社區，發現有兩輛黑色PASSAT車，但車牌號都不對，這兩輛黑色PASSAT都是正規牌照，其中一輛是滬B×××，另一輛是蘇BW××××。

何警官掃了一眼說：「盯住蘇BW×××。」

「為啥？」隨他一起過來的員警問。

「沒見滬B那輛牌照積著灰，蘇BW那輛的牌照是剛換上去的嗎？」

「果然是火眼金睛。」

「馬上與蘇州警方聯繫，調看蘇BW×××主車檔案。就地蹲守，等待車主露出狐狸尾巴。」

何警官此刻心裡已高度警覺，世博期間，任何可疑的蛛絲馬跡都不能放過。

蹲守了一夜。何警官睏得不行，但天剛亮，就有情況。只見有三個男子從附近居民樓下來，向PASSAT轎車靠攏。三個男子目光滴溜溜四處打量後，快速從車子後廂取出工具和假車牌，開始拆卸蘇BW×××車牌，不到五分鐘，三個可疑男子換好車牌，啟動車子，出發了。

蹲守車輛隨即啟動，加檔，緊跟其後。

那輛黑色PASSAT在附近路段繞了半天，然後調頭朝中環開去，最後開進一個停車場。

「看來是一夥撬車盜賊，準備抓現場！」何警官暗忖，「想趁世博之際撈一把？沒門！」

三名男子下車後，一男子走到停車通道望風；一男子四處張看，尋找目標；一男子則守在自己車前，準備接應。三人分工明確，配合默契。

一男子找到了獵物，他看準一輛白色NISSAN，快速撬開車後蓋。這時，一件意想不到的事情發生了，有名剛離開的男子突然返回，看見有人撬車，先是一愣，隨即大聲喊起來：「你們幹嘛？」

撬車男子猛吃一驚，旋即拔出匕首。

「上！」何警官未及喊出，伏守員警已猛虎般撲了過去。

何警官一眼認出喊叫男子，就是老同學陳力，便大聲喊：「陳力，往後退。」

陳力聞聲大喜，哪顧危險，反而扭身跑過來：「是你啊，老同學，咋這麼巧。」

瞬間，三名盜賊已被制服。何警官一把握住陳力的手：「是你老同學呀，咋這麼巧。」

「那不是巧，是幸運，剛到上海看博，就遇上你這個保護神。」

「隊長！」一名警官這時跑來，「在嫌犯車中搜出五把管制刀具、兩把自製手槍和三副假車牌。」

「好吧，老同學，我不能陪你，我要忙去啦。」

「我懂！」陳力用力拍了拍何警官的肩，「自己保重！」

假藥

做生意遇到麻煩是常有的事，但常農這次遇到的麻煩有點棘手。

他明白，躲是躲不過去的，他開的幾家藥店都相繼關了門，為躲避責任，他已經挪了幾次窩，但最近一次，法院已向他正式送來傳票。

他原先做藥生意也是規規矩矩的，但規矩生意自然比滑頭生意的利潤要薄，做著做著，常農就有些不甘心，就從一些非正常管道進了點貨，有骨筋膠囊、血櫻花膠囊、生命太散結靈之類的。供應商向他拍胸脯：「這些藥品的品質肯定沒問題，利潤高，只是因為生產廠家在藥品與保健品之間踢了一個擦邊球。」還信誓旦旦保證：「產品是根據祖傳秘方配製的，其療效比正規廠生產的藥品要好。」

常農當時淺笑，一副似信非信的表情。

供應商旋即說：「你先拿著，不用馬上結帳，銷路好了我們再結算。」

現在想起來，常農深感後悔，經銷這種藥品的風險太大，心中沒底，吃不死人是運氣，但吃死人或吃壞人你無論如何是逃不脫責任的。現在有人吃出問題了，有人吃了這種藥，出現腎功能衰竭，產生了種種後遺症。現在不是賠錢的問題，而是傾家蕩產，弄不好還要吃官司，還要坐牢！

常農很難想像那是一種什麼樣的後果，罷了，罷了。他覺得現在想這些已經沒啥意思了，還是自行了結吧。

之前，他是想過種種結束生命的方法的，比如煤氣中毒，但他擔心煤氣爆炸會殃及無辜；上吊的樣子太難看，太沒尊嚴。最終，他想到了喝農藥。

農藥是直接從網上買來的，價格便宜，而且送貨上門。

此刻，常農已經平靜下來，他坐在沙發上，茶几上放著那瓶農藥，還有一碟花生和一碟鵝肝。他先給自己倒了一杯白酒，死之前他想喝上一口，他覺得男人面對死亡應該更從容些。

這時，他抬眼看見對面四樓陽臺上出現了一個少婦的背景，蓬蓬鬆鬆的頭髮，寬寬鬆鬆的睡衣。少婦走出來晾衣服，睡眼惺忪的樣子，姿態很美。他突然覺得少婦有點像他的女友，皮膚白晰，舉止優雅。但自從他出事後，女友突然人間蒸發了，打手機關機，ＱＱ也聯繫不上。哎，他歎了聲。

幾分鐘後，那少婦轉身進屋了，在她轉身的瞬間，他突然覺得這女人太像一個人，誰呢？他一時想不起來。

於是，他就喝酒，喝著喝著，他就有些迷糊，但迷糊之間，他想起來了，那個女人的背景極像那個受害女子，那個吃了他的藥出現腎功能衰竭的女子。當時她老公陪她過來，說：「吃了從你這裡買去的藥，情況一天比一天糟。」女子有種病態的美，有種雨打殘花的淒美，尤其在她離去的時候，那嬌弱的姿態，委實讓人惻隱。現在想起來，他的心中仍感隱隱的痛。

哎，還說啥呢，生活是美好的，但這種美被他給毀掉了。常農覺得該結束了。他放下酒杯，拿起那瓶農藥，大口喝起來。

喝完農藥，他就繼續喝酒，他不想在等待中死去，只要喝著酒，他仍能感覺到一種男人的豪氣。他希望用酒來消除自殺的膽怯，用酒來麻痹農藥產生的不適反應。

直到完全喝醉，常農都沒感覺到一絲一毫的痛苦，一切都顯得那麼的暢酣淋漓！

常農酒醒時，沒感到任何的農藥反應，就像睡了一覺醒來。他打量四周，一切沒變，家還是那個家，晌午的陽光正透進窗戶，熱烈而奔放地在屋內滑翔。

他愣了愣神，然後一拍腦袋說：「咋還活著？」他很自然的把目光移到那瓶農藥上：「原來也是假藥！」他突然感到非常憤怒，準備了半天，一切重又回到了原點。旋即，他掏出手機，撥打了一一〇。

找個代駕

老陳喝高了，但他仍在勸酒：「乾！乾！」

老班長知道他喝高了，就勸說：「你喝高了，老陳，你老了，不能與當年比了，你不能再喝了，你還認我這個班長不？認，就必須聽我的。」

老陳大著舌頭說：「認，認，怎能不認？但班長，你必須以身作則，你該放開喝。」老陳舉杯的樣子憨態可掬，他彷彿又回到了綠色軍營，重返那金色年華。

班長還比較清醒，他掏出手機，想找個同事幫忙，送他回去。

老陳一把攔住：「不用，不用，我沒醉，我能開車。」

老陳掏出車鑰匙晃了晃：「我清醒著呢。」

班長一把奪過鑰匙，說：「我們都是當過兵的，哪能犯紀律，酒後駕車是犯法呀。」

「好，聽班長的。」老陳被人扶著送出了酒店大門。

那個同事來了，滿臉通紅，一眼看出也是剛喝過酒的。

老班長頓時火了，「你喝了酒還來啥？」

「不好意思，我只喝了一點點，不礙事，開車肯定沒事。」

「開你個頭啊！」老班長大聲吼道，「老陳開車技術好著呢，就是因為喝了酒，我不能讓他違反交通法規。」

老班長邊說邊四周打量，似乎在尋找代駕的目標。這時酒店的服務生跑過來：「老先生，你可以找代駕公司呀，他們那裡有專職司機。」

「是嗎？」老班長一想，覺得有理，便要了代駕公司的電話。

不久，那個代駕的司機就到了，很精神的小夥子。但老班長把車鑰匙交到他手上的瞬間，還是遲疑了：「你的車技咋樣？」

「看你說的，老先生。我十五年駕齡了。」司機接過車鑰匙說，「放心，保證把人安全送到家。」

「你咋一頭的汗？」班長還是不放心。

司機說：「接到電話，我是跑著過來的。」說著，他就上了車，點著發動機，輕踩油門，一個大把就把車子開到了老陳跟前。

看著還行。班長鬆了口氣，對老陳說：「到家後，打個電話給我。」

車子開走了，班長還是不放心，又給他老婆打了個電話。

但老陳的話還沒講夠，他一上車就問司機：「你當過兵麼？」

司機說：「沒有。」

老陳聽了就歎：「可惜了，沒當過兵的人是體會不到戰友情的。什麼是戰友情？戰友情是杯白開水，雖然清淡卻能解渴；戰友情是碗老鹹菜，雖然平常卻韻味綿長。戰友情不是『錦上添花』，而是『雪中送炭』。」

司機回道：「你們是戰友聚會吧，聽你說話，感覺你像個詩人，腦子很清醒麼。」

「那當然，主要是酒後不能駕車，否則我就自己開回去了。在部隊，我的駕車技術是頂尖水準的，每年駕車特技賽，我都能獲獎。哎，小夥子，你剛才的剎車有點不穩，出現叩頭了。」

「是嗎？」司機有些不悅，就說：「老師傅你就息會吧，我保證把你安全送到家。」

「對對，你開車時，我不該跟你多說話，那我就打個盹。」老陳歪著頭，閉上眼，但腦子裡卻全是戰友的身影，一些畫面不時掠過他眼前。

突然「吱」一聲急剎車，只聽司機叫了一聲：「不好，撞人了！」

老陳一個激靈跳了來：「出啥事了？」

司機沒接他的話茬，他急著下車看人。

老陳這時有點清醒了，他打開車門往外一看，已到家門口了。那個被車撞倒在地的中年婦女也看到了，那身影咋這麼熟？他心裡咯噔了一下，一些路人圍了過來，附近的交警也趕了過來。

「是育秀呀！」老陳那一刻完全酒醒了，他看清撞倒在地的正是自己的老婆。他跑了過去。

老婆從地上爬起來的瞬間，突然一陣劇痛：「唷！」

老陳趕緊扶住她，讓她原地坐下：「撞哪啦？你咋在這兒？」

老婆突然怒火沖天：「還不是聽說你喝醉了，擔心你，在這等你呀。看見你的車，就過來衝你招手，你怎麼開的車，不知道酒後不能駕車？」

老陳急忙辯解：「我沒開車，我請代駕了。」

老陳指著司機：「你怎麼開的車？」

這時交警正好過來，問司機：「你開的車，請出示駕駛證。來，張嘴，測一下酒精含量。」

「我沒喝酒。」司機的神情頓時有些緊張。

「沒喝酒，你看看酒精含量，嚴重超標，還敢代駕！」交警突然提高嗓門，表情嚴肅起來。

貢獻一塊擦布

天濛濛亮，鳥就叫開了。最早是麻雀嘰嘰喳喳起來；然後就能聽見白頭翁的叫聲，慷慨激昂，清亮寬廣；畫眉偶爾也會來客串一下，那委婉的啼聲，足夠技壓群芳。

社區的早晨就這麼開始了。也許是屋前屋後的那些樹木吸引了鳥兒，雪松、桂樹、晚櫻，還有我種在天井裡的竹子、茶樹、八角錦盤、小葉女貞、石榴、紅葉檵木等，吸引了牠們。鳥兒像趕集似的，聚眾嬉鬧、吆喝，把夢中客們，一個個從蘇杭拽出被窩。

鳥兒喜歡把我天井裡的那叢「植物園」當成酒吧，牠們經常過來聚會，上下翻飛，就像調酒師在秀技一般。最「開放」的是那對白頭翁，不時飛來打情罵俏，嘰嘰地啄嘴，還沒羞沒臊地當眾親昵。

「哼，怎麼啦，我們礙你啥事了？」白頭翁非常直白地瞪了我一眼。

我知趣地躲開了。

我知道白頭翁的大膽和勇敢，因為不久前妻子還與牠們發生過一次小糾紛。

一天，妻子擦完地，把魔力地擦布洗淨後晾在衣架上。那塊地擦的正面是微纖圈絨的材質，背面的布夾條是白色混纖材料。不知白頭翁為啥就看中了這塊混纖布料，牠們每天飛來啄那塊東西，將它啄得跟棉絮似的，然後就抽出一根，銜著飛走了。夫妻倆如此輪流偷盜了好幾天。

這天被妻子發覺了，自然是大為不滿：這把地擦從超市買來一百多元呢，你們居然把它啄得面目全非！去去！妻子驅趕牠們，牠們撲棱棱飛走了。但妻子前腳進房門，後腳牠們又來了，仍是非常固執地啄那纖維絲，然後銜著飛去。

妻子自然明白牠們是要銜去做窩，但做窩也不能侵犯別人的利益吧？但白頭翁並不理會妻子的道理。「人有人道，鳥自然有鳥道，你有生存權，我也有吧？」白頭翁站在圍牆的鐵柵欄上嘰嘰喳喳跟妻子理論起來。

「好，我不跟你們爭啦。」妻子心想，「我躲還不行嗎。」妻子轉身把擦布收起來，返回屋內。

白頭翁頓時愣住了，牠們沒料到妻子會這麼做。之後兩隻鳥就竊竊私語了一番，然後一前一後地飛走了。

然而沒過多久，突然飛來六隻白頭翁，顯然是剛才那對叫來的救兵，牠們一起飛到窗子的防盜欄上，共同對著妻子嘰嘰喳喳喊叫起來：「把東西還給我們！還給我們！」

妻子無奈地看著它們，對牠們說：「這是我的東西，我從超市買來，太貴，否則我就送你們了。」

聽見妻子的驚呼和「解釋」，我從裡屋跑過去看。看到如此人鳥對峙的場面，呆了半晌說：「弄塊棉絮給牠們吧！」

妻子趕緊跑回臥室，快速從棉被裡摳出一塊棉絮，把它掛在鐵柵欄上。

白頭翁很快平靜下來，最後留下兩隻，一隻飛到棉絮前啄出一根飛走了，另一隻飛到棉絮前也啄出一根，然後在牆壁上來回驗證了半天，最後居然扔了。之後，兩隻鳥一起飛來，在那塊棉絮前嘀嘀咕咕商量了半天，最終達成一致意見：「這棉絮儘管柔和，但沒韌勁。」

「還是不行呀？咋會這樣呢。」妻子看了半天，總算明白了，這塊擦布還是要貢獻出去。

罷了，每天與鳥相處，終歸要和諧相處呀！

妻子最終把那塊擦布放回了原處。白頭翁見了大喜，輪番向擦布發起總攻，那凌空啄絲的技巧完全可上「達鳥秀」了！

自殺

張副縣長知道受賄之事敗露，便跳河自殺了。

他跳下去的那條河以前很乾淨，但現在卻臭不可聞。他跳下去沒多久，便爬上岸來。他一邊嘔吐一邊大罵：「該死的化工廠，把水弄成這樣！想自殺都難。」

然後他在河邊呆立了半晌，咋辦呢？他想。這時他想起山後還有一條河，儘管由他分管的冶煉廠，也把那河弄成了致癌河，當地村民接二連三的患了癌症，並不斷向上反映。

「哎，反正我也是要死的人了。」他想，「癌不癌的跟我沒啥關係了。」但為了保險，他決定先服幾粒安眠藥。

他帶了礦泉水，那水的口感真好。服完藥，他點了一支煙，陣陣的微風，把他的煙頭吹得明明滅滅，彷彿是生命在恍惚。

他也開始恍惚了，可以跳了，他想。於是他就跳了下去。

他體驗了一次穿越。在快要進入鬼門關的時候，他被一個小鬼擋駕：「你不能進來！」小鬼高聲大吼：「你沒資格轉世投胎！」然後就朝他一捧打來。

他大叫一聲，醒來時發覺自己躺在醫院潔白的病床上。

「我咋會在這裡，是誰救了我？」他詫異地問。

護士厭惡地瞪他一眼說：「一個身患癌症的村民救了你。」

尋寶

薛曉東纏謝冰一起到南澳島去尋寶已有半年了。

謝冰用手指戳他腦門說：「想錢想瘋了吧，就憑一個傳說，你就著了魔一般。」

薛曉東非常較真地用手一按：「別不信，我做過認真研究，在南澳深澳鎮確有一個叫吳平的人，曾是海盜，在沿海搶了不少的金銀，後來被戚繼光剿滅，他出逃後，留下的十八罈金銀被分別藏於不同的地方。」

謝冰有些不耐煩了，打斷說：「這個秘密全世界都知道。」

薛曉東就說：「問題是他的藏寶之地是留下線索的。」

謝冰沒出聲，只盯著他看。

薛曉東急了說：「你別用這樣的眼神看我，真有線索，你想呀，啥叫『潮漲淹不著，潮退淹三尺』，那就是說，藏寶地是個水下溶洞，平時就在水下，但溶洞裡面肯定有高地，那是個即便漲潮也淹不著的地方。」

謝冰就笑說：「想像力蠻豐富麼，那又怎樣，南澳島陸地面積達一百三十平方公里，由三十七個島嶼組成，你有多大能耐，能尋遍島中每個角落。四百年了，這個故事已流傳了四百年了！」

謝冰有時感覺薛曉東有些傻裡傻氣，這麼一個淺顯的道理，到了薛曉東這裡就變得曲裡拐彎了，像南澳島的海岸線。

但薛曉東是非常固執的，他不斷堅持著自己的觀點：「老婆，你不要懷疑麼，我分析過，南澳島有口宋井你知道吧，離大海僅咫尺，卻能撈起甜甜的淡水，這說明什麼？南澳有個九溪澳知道不，那個山洞大可織布，洞裡九溪潺流，這些地質結構都說明，這個島上有許多溶洞，有獨立的地下水脈。」

謝冰又好氣又好笑：「你幹嘛非要去尋找那些不著邊際的東西，你很缺錢嗎？」

薛曉東一揮手說：「你咋就不懂呢，那是一種探索，你沒看過《藏地密碼》，解開一個傳說遠比尋找財寶更有意義。」

謝冰只是笑，沒接茬。

薛曉東就扳住她肩：「一臉的壞笑啥意思，你到底去不去麼？」

謝冰撥開他手說：「去吧去吧，但跟你說清楚了，你去就你自己找，我看我的風景。」

薛曉東說他之前已來過兩次了，這次他是有備而來，他帶了潛水衣，還租了船。

那個早晨，謝冰就坐在青澳灣的某塊岩石上，靜靜地眺望著大海，她是看著太陽從海底跳起來，然後水淋淋地站到水面上，那一刻，她看見瑪瑙一般的太陽，完美無缺地亮在世人的面前，那種從容的神態不假任何修飾，卻瞬間滌蕩了世俗的一切。她感覺自己是透亮的，那種「面朝大海，春暖花開」的感覺頓時覆蓋了她的心房，像洞開的窗戶。她感到眼淚正順著窗戶的下沿洶湧而出。

薛曉東有些沮喪地跑過來，一屁股坐下來，虛脫般，水沿著他的頭髮嗒嗒地滴。

「找到了？」謝冰沒看他，只隨便問了一句。

「找個屁！這地太大，沒法找，都快累死我了！」

「我找到了。」謝冰依然沉浸在一種特殊氛圍裡，正遊走得海闊天空。

「找到什麼了？」薛曉東詫異地看她。

「寶貝呀。」謝冰的聲音很輕，她不願走出那個心境。

「什麼寶貝？鬧得慌吧。」薛曉東想用手去摸她的額頭，卻被她輕輕躲開了。

她指著太陽說：「看，多像一塊大寶石。」

薛曉東一愣，一時無語。

良久，謝冰自言自語說：「許多寶貝其實就在我們身邊，只是被我們忽略了。」

醉罵

二叔好酒，每每喝高了就會罵街，借著酒的熾熱似火，衝著我家窗戶罵開了：「什麼領導，做事藏著掖著幹啥，造路為民，你……為了嗎，別以為百姓看不見，若要人不知，除非……」

他罵誰呢？難道是罵我大哥，我們家只有他是當領導的，一個不大不小的官，縣交通局長。我哥沒得罪他呀，平時見了二叔二叔的喊他，大小事情都敬著他，逢年過節還買了禮品去看他。

酒真不是個好東西。沒喝時，我二叔溫柔似水，見了誰都客客氣氣，喝了它立即變得冷如冰霜，什麼話都說，都罵：「你個不要臉的白魚，領導是有家室的人了，你想做第三者，沒門！」二叔罵得那個白魚，難道就是沈小曼，她跟大哥走得近，也只是朋友而已，並沒做啥出格的事，他這樣亂罵可影響我大哥的威信呀。

第二天，我遇見二叔就說了：「二叔，你昨天罵誰呢，沒有根據的事你最好不要亂說。」

二叔突然臉紅了，有些結巴地說：「沒有啊，我沒罵誰，我罵了嗎？」

我盯著二叔看，說：「罵了，還罵三第者了。」

「是嗎？」二叔頓時像犯了錯的孩子，低下頭說：「酒話當不得真，我不記得了。」

我原以為二叔會就此打住，不料只隔了一天，那晚二叔喝醉了酒，又在窗外罵開了，這次罵得更凶：「還不讓群眾說話了，領導就必須接受群眾監督，你以為做了領導就了不起！」

我關了窗戶。「這個二叔真是腦子有病，每天喝得醉醺醺的，不做正經事。還好大哥住在四樓，也許根本聽不見，耳不聞心不煩。」我心存僥倖地想。

但二叔卻變本加厲起來，有時喝醉了酒，乾脆用報紙捲個簡易喇叭，對著你窗戶喊：「廉潔奉公講原則，拒絕禮品和請託，特殊接待不能要，抵住金錢和誘惑，身邊人員和親屬，嚴禁提拔搞特殊。」

煩死了，我不知二叔那些順口溜是從哪弄來的，難道是自己胡亂編撰的。不可能，他又沒啥文化，難道喝了酒，他也像李白似的，一下子就變得超脫曠達，才華橫溢，放蕩無常了？

哎，誰知道呢？

那年，我們這個小縣城出了不少貪官，紛紛落馬進了監獄，我大哥卻提為副縣長了。

那年過年，我老爸把一大家子的人都叫去了，我二叔也去了。那天老爸特別高興，為大哥的進步，但最關鍵的還是囑咐大哥要繼續做個好官、清官。大哥那天也許是喝多了，居然說：「我能不做清官麼，二叔經常罵著，眼睛盯著呢，我敢麼？」

二叔臉紅了，但藉著酒力，他突然丟掉面具，口吐真言：「哪是我在罵你，是你爸呀，是他讓我喝的酒。」

尋找父親

張副縣長這天剛處理完一件村民上訪的煩心事，尚未靜下心來，就接到妹子的一個電話，說父親突然聯繫不上了！

「怎麼會聯繫不上呢？」張副縣長一時沒反應過來。父親去北京旅遊他是知道的，去了好幾天了，但前天父親還跟他通過話。父親才六十八歲，身體健朗，儘管之前沒啥出過遠門，但當了三十多年的小學教師，他在村裡也算是個有見識的人，不可能走丟吧。

妹子就說：「打電話過去老關機，出門前我關照過他，別關機，二十四小時開著。」

張副縣長沉吟道：「別急，我會跟他聯繫。」

然而父親突然像人間蒸發似的，就是聯繫不上。這時張副縣長想起了駐京辦：「對，讓駐京辦的同志找一下。」

辦公室李主任就接到張副縣長的電話就給駐京辦的王強打電話過去，讓他找一下。

王強為難了：「北京不是咱們縣城，芝麻大一塊地，車子開一圈，半小時可以篦子似的梳個遍。北京那可是大海呀，一根針掉進大海，咋找呀？」

李主任頓時變了聲調：「我管你咋找，反正你在兩天內必須給我找出個結果來！」

張副縣長還是蠻能體恤下級的，就說：「要縮小範圍，否則真不好找。」於是就向駐京辦的同志提供了父親的身分證號以及大概駐地範圍。

王強聽了，便在電話那頭問：「他具體住哪家賓館知道嗎？要是知道賓館名，就好找了。」

張副縣長皺了一下眉：「父親倒是說過，但就是想不起來了。」

王強那頭遲疑了片刻，就說：「我先找起來，張副縣長你先想想，想起來再告訴我。」

兩天過去了，父親還是石沉大海一般，沒任何消息，手機始終處於關機狀態。

張副縣長真有點急了，就打電話問他妹子：「你給我仔細想想，父親在北京到底住的是哪家賓館？」

妹子說：「我也不知道。」

「你再想想！」張副縣長有點不耐煩了，他突然聽見妹子電話那頭全是鞭炮聲響，就吼著嗓門問：「誰家辦喜事呀，這麼歡天喜地？」

「對！」妹子在電話那頭突然尖叫，「我想起來了，父親住得那家旅店就叫『歡天喜地』。」

張副縣長聽了，馬上就給北京的王強打去電話。

王強聽了張副縣長電話突然就呆住了：「那可是一家地下旅店，令尊咋會住這樣的旅店？」

「這沒啥好奇怪的，」張副縣長說，「家父節儉慣了，住這樣的旅店也正常，你別耽誤時間，趕緊去找。」

「不是，張副縣長……」王強有點結巴了，「那旅店我剛去過，剛從那裡把我們縣上訪的人給帶回來。」

「什麼？」張副縣長頓時跳起來，「你對他們咋樣了？」

「不知道，」王強有點語無倫次了，「這裡面有沒有你父親不知道，但只要是我們縣口音的，全部被強行帶回了。」王強突然放低聲音嘀咕了句：「聽說有人還對他們動了手。」

「什麼！」張副縣長撂下電話就心急火燎地跑去收容所。

在那裡他果然找到了被打傷的父親。

張副縣長頓時暴跳如雷，他指著收容所所長：「你給我說清楚，這是怎麼回事？怎麼就把我父親當成了上訪人員？」

辦公李主任這時也趕了過來，他馬上把張副縣長拉到一邊說：「這完全是個誤會，第一呢，你父親在一個非常敏感的時期去北京旅遊，又恰好住進了了上訪人員集中地；第二呢，據說他與信訪辦的工作人員直接頂撞；第三呢，他說他是縣長他爹，大家不知道他真是你爹，還以為是挑釁，結果就……」

這也是理由？張副縣長吼道：「你們就是這麼對待老人的！」

辦公室李主任囁嚅道：「不是你說的，不管用啥手段，堅決消除一切不穩定因素。」

村醫王喜

王喜是個村醫，據說祖上多有善醫者，但傳到王喜，只學了點皮毛。

王喜擅長推拿整骨，但農村不管這些，只要你是行醫的，什麼病都找你。

這天，王喜接到老邢的電話，說他朋友的女兒，才二十歲，年前突然「癱瘓」，雖經多方延醫，至今未癒，所以無論如何要他撥冗診治。

王喜頓感無限壓力，他婉轉地說：「他只個是村醫，主學推拿，內外科並不扎實。」但老邢卻堅持說：「你能行！我信你！」

王喜聽了心中一熱，答應看看再說。

其實王喜在推拿治病的造詣上是深得祖上精髓的，他能用推拿手法治療許多內外科疾病，比如：偏頭痛、膽囊炎、膽石症、陽痿、遺尿等，他把這些病統稱為：「脊椎相關性」疾病，治療中他突出一個「整」字，配合使用摸、纏、滾、揉、摩等手法，然後佐以葡萄酒進行輔助治療。

然而眼前這個「癱瘓」女孩有些怪異。女孩是在兩年前的一次舞廳裡突然癱倒的，沒遭遇任何外力打擊，也沒受到任何驚嚇，專家會診也排除了腦部的其他疾病。

為什麼會在舞廳裡發病？王喜感到奇怪。

「那天，女孩的父親也在呀。」女孩的朋友秋芬隨口說。

「她父親在舞廳幹啥？」

「跟一個叫雪的女人跳舞。」

「女孩是否在見到雪之後才癱瘓的？」王醫生緊追不捨。

「好像是，讓我想想，對，那天雪穿得特別炫，我還讓她看來著。她見了之後就慢慢滑下去了。」

「她跟父親平時的感情怎樣？」

「好著呢，但她老擔心那個叫雪的女人會破壞她的家庭幸福。」

「那個叫雪的女人現在還跟她爸有來往嗎？」

「來呀，怎麼不來，她爸有錢呀。」

王醫生是在第二天的早上把女孩的父親約到辦公室去的。他開門見山說：「我沒法醫治你女兒的病，你女兒得的是『癔病性癱瘓』，這病我沒法治，你另請高明吧。」

「不會吧，我聽老邢說，你什麼病都能治，尤其擅長治療癱瘓。」父親攔住王喜說。

王醫生語焉不詳地盯了他一眼說：「人體太複雜，人體各部件之間的連結，有時是物理的，有時卻是感情的，就像葡萄酒的分子結構，其穩定性將會決定酒的醇度和口感。」

父親詫異地看他：「什麼意思，我沒懂，你能說得更詳細些嗎？」

王喜重新看了他一眼，突然掉轉話題說：「有個叫雪的女人，跟你還有來往是吧？」

父親奇怪：「這是我的隱私，跟我女兒的病有啥關係？」

王喜逼視著父親說：「有，人的七情六慾是健康的奪命殺手，而眼睛是人體最脆弱的窗口，你女兒是在舞廳見到你與雪跳舞，在你女兒的潛意識中，是想通過『癱瘓』來留住你的感情。」

父親沉默了，說：「好吧，怎麼治療，你說我配合。」

王醫生拍拍了父親的肩，未置一詞。

於是，王醫生開始替女孩治療，但並未採用任何異常手法，他每天給女孩做一次按摩，做完後就給她喝半杯奧德曼紅酒。

「喝葡萄酒也能治病？」父親甚是疑惑。

王喜笑說：「人體癱瘓時，氧化過程加劇，而葡萄酒有強力的抗氧化作用，可以幫助清除體內蓄積的氧自由基，使機體的免疫力和抗病能力得到極大提升，尤其是這種產於山東德州的奧德曼紅酒，作用更強。」

父親半信半疑地看了王喜一眼，心想：「沒聽說過呀，葡萄酒有這等作用？看看再說吧。」

日子一天天過去，許多人都在等待奇蹟的發生，但是沒有，大家甚至相信女孩的病真的是無藥可救了。

然而三個月後的一天，女孩的朋友秋芬，突然跑來跟女孩說：「不好了，那個叫雪的女人跟一個大款走了，你爸氣得癱瘓了。」

「什麼！」女孩突然從床上翻身下地，站了起來。

「你站起來了！」那一刻，全屋的人都驚叫。

王喜大喜：「看來預定的治療方案成功了！」他暗自感歎：「有些病，看來真的要用『心』去治療，暗示療法加推拿，配合紅酒啟動機制組織，還真管用。」

葡萄酒是一種語言呀！王喜想告訴女孩：「在喝酒的過程中，你應該體會到，生活需要激情，需要自己去調製，自己去釀造，不能過分依賴某個人，包括你的父親。」

女孩驚訝地站在原地，盯著王喜，半響才反應過來說：「我爸沒事吧？給我酒！我要喝灑，喝奧德曼紅酒！」

輯二

市井故事

巨獎遲遲未領

陳小娟那天走過彩票銷售亭時，意外看見外面掛著一張巨大啟事，說某彩民在此購買彩票獲得五千萬元大獎，卻一直沒來認領，啟事提醒，別錯過最後領獎時間。

陳小娟沒心情去管這等閒事，她心裡想著另外的事情，她在詛咒老公。因為陳小娟在跟老公打官司，她沒想到老公會這麼可惡，協定離婚的程序還沒走完，突然冒出一個債務訴訟。

老公在外面有女人本不是秘密，陳小娟與他爭爭吵吵多年，為那點破事把她最美好的時光給折騰掉了，不值！離就離吧。儘管這幾年一起打拚，她的付出遠大於老公，但對賺下的那點家產，她只想得到屬於她的那一半。然而現在老公突然說他欠了一屁股的債，必須先還清，然後才能分割家產。

這幾年做生意，裡外都是陳小娟打理著，他欠的哪門子債呀？除了玩女人，他也就喜歡買點彩票，但這些都在她的掌控之中，哪來的外債呢？

但法院提供的借據是真實可靠的，老公也承認他曾向一個叫芬芳的女人借過三百萬元，偷著去做期貨，結果都輸了。

三百萬元？還了這筆欠債，家就空了，陳小娟啥都分不到了！那分明就是搶劫呀。但按照婚姻法，婚後財產歸夫妻共有，債務自然也必須共同償還。

陳小娟的心揪緊了，她後半輩子賴以生存的經濟基礎將頃刻垮塌。聽著芬芳這個名字，陳小娟覺得很熟，好像也是老公眾多女人中的一個。於是就跟律師商量，她感覺這裡面有鬼？

律師低頭想了想，說：「有這種可能，如果他們串通好了，利用婚後債務共同償還，先把你們的共同財產掏空，然後再離婚，這招太毒了。」

對律師提出的多項質疑法院還是採納了，芬芳跟她老公的關係是最值得懷疑的，但他們關係的確立和是否串通？則必須用證據來說話。

陳小娟堅信老公跟那個芬芳是串通好的，但你信沒用，關鍵是要讓法官信。

但芬芳突然就像失蹤了一般，她住在哪裡都不知道，咋找證據呀。

在尋找證據的途中，她遇見了老公。老公見了她，就跟沒事似的說：「忙啥呢，別白費力氣了，我即使跟芬芳串通好，你又能怎樣？」

陳小娟聽了，臉色頓時白了，說：「一日夫妻百日恩，你怎麼如此絕情？你不念我，總該念著兒子吧？」

老公看她一眼說：「我就是念著兒子，才要逼你就範。」

陳小娟聽了一愣，她頓時明白老公為啥要趕盡殺絕了。「殺千刀的！」她心裡咒罵。但老公說完卻丟給她一個嘲笑的眼神，然後就到對面的彩票亭去購買彩票了。

陳小娟呆在原地，不知如何是好。這時，銷售彩票的秋菊向她招手：「小娟今天咋沒事呀，不做生意啦。」

陳小娟心裡煩，但礙於面子還是回說：「不，正準備回呢。」

秋菊就說：「噢，你老公剛走，你沒看見嗎，他今天又買了二十組相同數字的彩票，真怪呀。」

陳小娟沒心情聽她瞎扯，她做了個再見的手勢，就匆匆走了。

第二次開庭就在眼前了，但陳小娟還是一無所獲，拿不到老公與芬芳串通的確鑿證據，她就必須替老公還清債務。殺千刀的！

這天，當陳小娟再次路過彩票亭時，盤桓在她腦中的，只是老公那天所說的絕情之言和臨走時拋給她的鄙夷目光，所以她沒在意亭外張貼的那張啟事。然而這時，秋菊卻突然叫住了她，眼神充滿了神秘。

當陳小娟從秋菊那裡出來時，表情明顯發生了變化，她走到外面深深吸了口氣。

債務訴訟如期進行，陳小娟因無法提供足以證明老公與芬芳串通的證據，而敗訴。但她老公沒從陳小娟的臉上看出任何沮喪的表情，那一刻，他甚覺奇怪。

但就在第二天的離婚訴訟中她老公突然明白陳小娟為何如此平靜了。因為她當庭拿出了老公獲得巨獎，並遲遲未領的證據。他當場愣住了。「媽的！」他在心裡兒狠狠地罵了一句，「還沒領呢，一半錢已經歸她！」

神奇的冰箱

很偶然的機會，蛋娃認識了曹老闆。曹老闆是作為「城市訪問團」的成員，到山區來慰問災區村民的。按「訪問團」的計畫，訪問之後，每個成員還將挑選一名山裡孩子去城市體驗暑假生活。

那天曹老闆走進家徒四壁的蛋娃家時，一眼看上了蛋娃，覺得有面緣，問：「你願跟我去江城過暑假嗎？」

「願意！」蛋娃一點不怯場，「江城咋樣？比我們鳥窩鎮大嗎？」

曹老闆笑了，笑得很親切，他摸了摸蛋娃的頭：「江城很大，比鳥窩鎮大一萬倍呢。」

蛋娃剛讀小學二年級，他對一萬倍沒有確切的概念，他抱著瓷枕，滿臉的疑惑。

曹老闆這時已從昏暗的屋中適應過來，他看見蛋娃手裡抱著的瓷枕，問：「這是什麼？」

蛋娃舉起瓷枕，搖頭：「不知道，在亂墳崗撿的，我當枕頭了。」

曹老闆接過八角黑白花紋瓷枕看了半天，只淡淡地說：「好東西，拿好了。」

蛋娃是抱著瓷枕走進曹老闆家的。他沒想到曹老闆的家這麼富麗堂皇，他不知天堂啥樣，只暗想：「天堂也就這樣了。」尤其讓蛋娃驚奇的是，曹老闆家的冰箱，那是世博剛展出的新款，智慧化記憶儲存，只要冰箱內被取走一樣東西，顯示幕就會立即提示：「是否需要補充？」只要按「是」，物聯網購物中心便會馬上送貨上門，且不用當場付款。

蛋娃覺得那就是一台神奇的百寶箱，有取之不盡的神奇魔力。

蛋娃好興奮，好新奇。儘管曹老闆很忙，基本不回家，偌大的房子，只有他與保母兩人住著，但他依然開心不已。屋裡待膩了，他就出門逛逛。蛋娃膽大，山裡孩子敢闖。這天他突然走進一個工地，他之所以走進這個工地，是工地豎著他們縣城施工隊的牌子，蛋娃感覺親切。蛋娃在那裡聽到了鄉音，蛋娃眼睛酸酸的。到了午餐時間，蛋娃見到許多叔叔、大伯蹲著扒飯，沒啥菜。蛋娃就想：「曹老闆冰箱裡盒飯多好呀，而且取之不盡，拿完了有人送，我何不拿些過來？對，說拿就拿，最多費點腳力，山裡孩子怕啥腳力呀。」

蛋娃開始往工地送盒飯，開始叔叔、大伯還不敢吃。蛋娃就說：「吃吧，冰箱裡自己生出來的，你看，我吃，我和你們一起吃。」因為從來沒人跟他結帳，所以，蛋娃不知道那些盒飯錢都記在曹老闆的信用卡裡了。

很快就到月底了，蛋娃知道自己要回了。他覺得曹老闆待他不錯，個把月了，吃的喝的用的，樣樣都是曹老闆提供，他在這座陌生的城市，碰到了許多老鄉，他們跟他分享了些許快樂。所以蛋娃很想送一樣東西給曹老闆，他沒錢，也沒東西可送，唯一跟隨他一起來到這個城市的只有瓷枕，曹老闆不是說那是好東西麼，只是太破舊，瓷枕的表面甚至隱隱有了暗縫。蛋娃尋思著，把這個瓷枕放進冰箱，然後再取出，是否就會送來一隻新的瓷枕？這個想法讓蛋娃激動了半天。

於是蛋娃就把那隻瓷枕放進冰箱，須臾，他取出瓷枕。冰箱顯示幕果跳出：「是否需要補充？」的字樣，蛋娃迅速按下「是」，然後就在客廳等候。這次等候的時間真長，連續等了三天，蛋娃幾乎要放棄了，第四天有人按響了門鈴。

果然有人送來了瓷枕，跟原來的幾乎無二，只是嶄新如初。蛋娃開心不已。蛋娃心想：「這個冰箱真是個寶貝呀！對，再讓他們送一隻，一隻我自己帶回家，舊的那隻就扔了。」於是蛋娃就對快遞員說：「這個，幫我扔了。」

蛋娃臨行的前一天，曹老闆來了，曹老闆拿著付帳單問保母：「你們咋要了怎麼多盒飯，可供上百號人吃幾星期呢。」保母滿臉無辜，蛋娃聽見了，奔出來說：「我拿的，這個冰箱真好，拿了有人送，還不用付錢。」

曹老闆一愣，但旋即笑道：「懂得做善事了，這個暑假沒白過。還有，這是我給你買的書包、衣物。」

「我沒啥東西送你，就送你這個。」蛋娃這時抱出一隻新瓷枕。

「你原來的那隻呢？」曹老闆吃了一驚：「你從山裡帶來那隻？」

「扔了，那只是我撿來的一塊破磚。」蛋娃不屑道。

「扔了？那可是北宋瓷枕呀，值錢著呢。」

鄰居

阿六頭與張家都住在底樓，張家喜歡侍弄花草，張家種的竹子長得太高了。阿六頭便找張家理論，說：「你家的竹子長得太高了，影響了我家晾衣服，能不能鋸掉一半？」張家自然不肯，於是，兩家你一句我一句吵起來。

阿六頭的口才遠不如張家的先生，每每爭吵均以失敗告終。阿六頭鬥不贏張家先生，只能回家生悶氣。但不能老生悶氣，生悶氣傷身子，阿六頭便設計了一個惡作劇。

阿六頭暗地裡寫了一張賣房啟事，大意為：「某地某弄有三室二廳私宅，因主人出國急需用錢，故以跳樓價出售此房，有意者請速與張先生聯繫，晚上和雙休日主人在家，可面談；平時可電話聯繫。當時張家所住房屋按市面上場價為八十萬元，但阿六頭只開出六十萬元的房價。」

阿六頭複製了幾百張，四處張貼。一時間張家先生的電話被打爆掉，每晚和雙休日均有人堵他家的門，那些購房者從幾十里外特意上門來看房，結果均被告知沒有這回事，都氣得破口大罵。張家的先生縱使伶牙俐齒滿腹經綸，也難敵眾口鑠金，可是明知遭人暗算，卻又拿不出證據，只能自認倒楣，最後搬家了事。

新鄰居搬來了，阿六頭理直氣壯地跑上門去，對新鄰居說起竹子的事。新鄰居正好不喜歡花草，就說沒問題，還說：「遠親不如近鄰，希望我們成為朋友。」阿六頭也附和著說：「一個好鄰居，抵上百萬金呢。」

新鄰居是個生意人，做啥生意沒人知道，只是常有一些莫名其妙的人上門，一來就把自行車亂停在他們兩家的公共過道上，弄得阿六頭不得不含胸收腹縮著身子走過去。

阿六頭非常腦火，便上門去責問新鄰居：「難道你不知道公共通道不允許停放自行車嗎？」

新鄰居不好意思地說：「我確實不知道，而且這些車也不是我停放的，以後一定會注意提醒我的客戶。」

但每天自行車仍然停滿了過道，而且愈演愈烈。阿六頭有些不耐煩了，便故技重演，如法炮製了許多賣房啟事。隨著房價不斷上漲，購房者瘋了一般，新鄰居一時被弄得暈頭轉向。但沒過多久，也不知他採取了什麼措施，上門看房的人便少了下來。

未見結果，阿六頭很是失落。對門的新鄰居照樣進出自如，照了面還詭秘地笑笑，彷彿向他挑釁似的。阿六頭不肯認輸，又印了一批賣房啟事。但這次沒前幾次幸運，張貼時，被市容檢查人員抓個正著，說是候他幾天了，早有人舉報他。

阿六頭嚇了一跳，心想：「難道是……」他結巴著說：「我是第一次。」

市容檢查人員說：「別狡辯了，把你的身分證拿出來！」

阿六頭乖乖地掏出身分證，檢查人員把他的身分證號抄了下來，罰了他兩百元，然後才放他走了。

阿六頭心裡不甘，穿過兩條馬路，把剩下的小廣告全給貼了，那錢，可不能白罰了。

房價還在上漲，阿六頭貼出去的小廣告非常誘人，上門的人越來越多。更有甚者，乾脆捧了訂金上門要房，那誠意實在令人感動。

後來的一天，新鄰居用一張假證，收了一個購房者幾十萬元訂金便銷聲匿跡了。

其實新鄰居不是真正的房主，只是個租客。那個購房者最終沒能拿到房子，便報了案。

員警沒找到新鄰居，倒是順藤摸瓜找到了阿六頭，說：「出售房子的小廣告是你貼的嗎？」

阿六頭的額頭開始冒汗了，聲音也變了調：「不，不是。」

員警說：「這是你上次罰款的收據存根聯，還有你的身分證號碼記錄，你還有什麼話說。」

搭車

這天，我的心情很好。

新買的一輛豐田汽車，第一天上路，而且是第一次來到這個城市。

我駕著車，伴隨著〈一路平安〉的歌聲，非常熨帖地想做些好事。這時他想起外國影片裡常見的情景，駕車者，常給陌生人搭便車，那情景看著挺溫馨。

瞧，前面就有一個少婦，拖著拉桿箱，看著挺累的。我滑行過去，並在路邊停了下來。我探出腦袋問：「回市中心吧，我車空著，可隨便帶你一段。」

少婦頓時緊張起來，說：「別亂來啊，我老公可是公安局的。」

我說：「我沒別的意思，就是想順便給您提供一點方便。」

「不用，不用！」少婦回答挺乾脆，「你走你的吧。」

我的心一沉，但換位一想，人家一個單身女子，哪能隨隨便便就相信你一個陌生男子。

開了一段路，我看見前面有一位拎著包的中年男子，又一次停下車，請他搭便車。但男子左手緊攥提包，像撞到了騙子。

我剛想解釋，男子毫無商量餘地地說：「你走你的！別煩我，再煩我，我可要報警啦。」

一路上，我遇上了形形色色的人，幾乎眾口一詞：「你走你的。」語氣雖然禮貌，但卻拒人於千里之外。

看來，拆除心的籬笆，無法一廂情願。我無奈地一聲苦笑，正當他準備放棄時，卻意外看見路邊有個衣衫襤褸的老人在獨自行走。我想，窮人最不用擔心誰會搶他的東西，他應該不會拒絕吧。

老人果然沒有拒絕。

我從心底泛起一陣暖意，說：「老人家，去什麼地方呀？」

那人說：「天主教堂，去早了，興許能搶個好位子。」

「做生意的？我問。」

「做那玩意幹嘛，太累，我就直接要錢。」

「原來是個乞丐啊，」張悅想，「那就更應該得到幫助。」

我「噢」了一聲問：「今年貴庚？」

那人說：「四十五歲。」

才四十五歲啊，比我還年輕呢，沒想到乞丐居然比自己年輕。

那人笑著說：「是不是不像啊，我是化過妝的，不顯老點，討不到錢麼。」

「原來這樣。」我的心又沉了一下。但出於禮貌，我還是有一句沒一句跟那人聊著。

到了天主教堂，我停車讓他下去，但那人遲遲不下。

我奇怪地問：「不是天主教堂嗎？」

「對，」那人說，「是天主教堂，但先生，我陪你聊了半天，你總該付點錢吧，現在陪聊的價格是，每小時兩百元。」

「什麼！」我頓時跌進了冰窟。

鄰家女孩當「經理」

鄰居孫媽這天非常興奮地對我說：「我家小玲找到工作啦！還當上了副經理。」

我將信將疑地問：「是嗎？」

「怎麼不是呢，」孫媽認真地說，「上個星期一去面試的，還是家合資企業呢。人家說了，現在是不重文憑，重能力，再說了，我家小玲現在也是大專在讀」。

孫媽七十多歲了，自然不會胡編亂造講故事，她們家小玲儘管讀書不好，技校畢業後，在家閒了好幾年，但總體上還是個孝順孩子。我便跟著高興地說：「真該慶賀呀。」

孫媽咧著嘴一個勁地笑說：「是啊是啊。」

回家後，我就說把小玲當經理的事跟孫女說了。正在讀大學的孫女曾與小玲是同班同學，她用疑惑的眼神看了我一眼問：「通路了？」

我說：「沒有，孫媽說她自己去面試的，人家說她有能力，有開拓精神，所以讓她當了個副經理。」

孫女不屑地冷笑了一聲說：「吹吧。」

我說：「你別不信，我早上看見她拎著包去上班的。」

孫女說：「上班和當經理是兩碼事。」

冷靜一想，我覺得孫女說得有理，哪有剛進單位就當經理的，肯定是孫媽愛面子，添油加醋了。

但到了第二個月的中旬，孫媽遇見我又一次興高采烈地說：「我家小玲拿到工資了，正三千元呢，還給了她母親二千元，說她每月用一千元足夠了，真是大了，懂事了。」

這種事還能編造？這回我信了。我無不羨慕地說：「還是你家小玲行啊，我家孫女還在讀書，還在投資呢。」

孫媽說：「你家孫女是高材生，以後肯定比小玲有出息。」

我說：「誰知道呢，沒聽說現在大學生找工作難嘛，本科生也就一千五左右，還是你家小玲行。」

孫媽拍了拍我的肩說：「別擔心，你家孫女肯定行的。」

之後我天天看見小玲早出晚歸，也就沒再過問。轉眼到了暑期，孫女想去打個短工，想去增加點歷練，我就說：「隔壁小玲現在不是當了經理嗎？託她幫幫忙吧。」

孫女沒吱聲，我就當她默認了，便去跟孫媽說。孫媽非常爽快，立即應了下來，而且當晚就通知我家孫女馬上可以去面試了。

我家孫女聽了一愣，隨即說了一句：「真該刮目相看。」便到網上去查這家企業的資料了，比如這家公司的主要產品，企業文化和核心價值觀等。

翌日，孫女就去面試，結果當場就被錄取了。孫女回家說：「還看不出麼，小玲真長本事了。」聽了這話我高興，立馬就把孫女的話搬給了孫媽，孫媽聽了更高興，連聲說：「哪裡，哪裡，都一樣。」

過了一周，孫女回家說：「怪事了，公司的人說，公司根本就沒有一個叫小玲的人，我進公司也完全是靠自己。」

我聽後嚇了一跳，趕緊去問孫。孫媽聽了就笑起來，跟菊花似的燦爛：「我忘告訴你了，我家小玲說了，她又升了，她調到總公司去啦。」

真是羨慕死人了，世上的好事怎麼全都攤到小玲身上去了？我嘴上沒說，心裡可是嫉妒死了。

誰料第二天，小玲家突遭小偷光顧，小玲媽幾張存款全部被盜，一一〇的警車都開來。可到了晚上，孫媽又心急火燎地去派出所撤案，說存摺找到了。

之後好幾天都沒見孫媽出門。

直到一周後，大家才知道，原來孫媽家的存摺確是被偷了，但偷盜者不是別人，竟是小玲。

原來小玲根本就沒有去工作過，為了爭面子，她假說自己找到了工作，還說當了經理。她偷了母親的幾萬元存摺，每月還交給母親一部分工資，然後在外鬼混，直到被母親發覺，報了案。小玲才知弄巧成拙，便主動認了錯。

官二代

劉浪兒子被張亮的狗給咬了，劉浪去找張亮討說法。

劉浪兒子才五歲，男孩，特淘氣。他去惹狗的可能性也是有的，但孩子小，啥都不懂，你張亮必須把狗給看好了不是。

但張亮不這麼看問題，他大聲對著劉浪申辯道：「誰能證明是我家狗狗咬了你兒子，他才五歲，他的話豈能當真。而且我家的哈士奇最溫順了，牠哪會咬人？」

劉浪聽了頓時怒火中燒：「我兒子聰明著呢，他認得你家那隻長得像狼一樣的狗。」

「你見過溫順的狼嗎？狼的本性都一樣，你別偷換概念，長得像狼就有狼的本性了？我看你長得像賊呢，難道我家少了東西也找你？」張亮說完用挑釁的目光掃他一眼。

劉浪臉色頓時黑了，他衝上去一把揪住張亮的衣領。

不料張亮的反應極快，他反身就是一個大摔背。劉浪躺在地上頓時動彈不了了，他哼哼了幾聲，結果還遭來張亮的一陣猛踢。

之後，張亮豎起中指對著他：「要找事，我隨時奉陪！」

劉浪氣得不行，當晚就在微博上發帖：「『官二代』仗勢欺人，惡狗咬人，惡人打人！」他在博客中詳細寫了張亮的哈士奇咬了他五歲的兒子，張亮並仗著自己有個在街道司法辦公室做主任的舅舅，不僅不賠醫療費，還把他暴打了一頓的過程。

不料，帖子發出去沒多久，立刻引來十幾萬人次的跟帖，輿論一片譁然，矛頭直指政府部門，其中對「官二代」的討伐最為強烈。

劉浪見了頓時興奮起來。連續幾天，他把兒子被狗咬傷的照片，以及自己挨打致傷的驗傷單統統公佈與眾。

媒體出面了，多家報紙的記者對他進行了上門採訪。他聲淚俱下地控訴，大談「官二代」的囂張和飛揚跋扈。

於是，媒體的聲討一浪高過一浪。

這天，張亮突然上門來認錯了，說：「這事是我錯，跟我舅舅沒關係，他根本不知道，你就放過他吧。」接著是街道主任和張亮的舅舅，拎著大包小袋的營養品上門。張亮的舅舅態度極為誠懇，說自己儘管與張亮沒啥來往，但畢竟是他舅舅，沒把他教育好，還是有責任。然後硬是要用車親自送他與兒子去醫院檢查。

劉浪那一刻有些感動了，說：「沒啥事了，全好了，不麻煩了。」張亮的舅舅就說：「一定要去，這是一種態度，態度決定一切，我們做長輩的，一定要做出榜樣來。」

劉浪被張亮舅舅的這種誠意給感動了，說：「我接受，我去。」去醫院檢查的結果自然是一切正常。劉浪就說：「你們的道歉我接受了，我也徹底原諒張亮了。你先回去吧，正好出來，我想陪兒子去商店逛逛。」

他舅說：「那好，我先走，以後有啥事我都負責到底。」

張亮的舅舅走後，劉浪的心情特好，他領著兒子穿馬路時甚至還哼著小曲。然而就在這時，一輛寶馬急駛而來，他吃了一驚。

車子到他跟前猛地剎住了。但他還是被碰到了，人被撞翻在地。

還好，人沒摔壞，他一骨碌從地上爬起來，指著那車罵道：「怎麼開的車，沒見行人斑馬線嗎？」

這時，車門打開了，一個二十來歲的帥哥從車上下來，他衝到劉浪跟前，踢他一腳，罵道：「沒長眼啊，撞壞車子你賠得起嗎？」

劉浪頓時被氣蒙了，他只吐了一個字：「你！」後面的話一句也說不出來。

帥哥不屑一顧道：「你什麼你呀，哥我今天高興，懶得埋你，走囉！」

寶馬車一溜煙開走了，劉浪立在馬路中央愣了半天。還好他記住了那輛車的車牌號。

回家上網，他再次打開微博，再次痛罵「官二代」。

第二天上網，他心想這次跟帖者肯定更多，但打開一看，結果完全出乎他的意料。跟帖有，但不多，線民只說：「哥們，你真走運，咋又碰到『官二代』了！」

他突然感到無比的悲催，這招咋就不靈了呢？

買房記

說起買房子，譚德來的話匣子一下子就打開了。

譚德來是我家的一個遠房親戚，喜歡琢磨人，此刻他的眼睛一眨一眨的，表情有些誇張地說：「歐洲人精呀！法規訂得有板有眼，讓你找不到可鑽的孔子。」

我心裡一聲冷笑，純粹一個崇洋媚外的主，跟外國人混了幾天，就數典忘祖了。

「哎，你別不信。」譚德來馬上猜出我的想法，說：「我給你說說我的兩次買房經歷吧。」

我笑，但沒接話。

他隨手拿起桌上的杯子，喝口茶，說：「前些年吧，我剛從西歐回來，手頭有些積蓄，就想在上海買房，並看中了一套房子。這筆交易我記得是在『中遠』做的，當時接待我的那個男生，很年輕，很陽光，很殷勤。」

我仍是笑，沒接話茬。

譚德來便繼續說：「他當時說：『譚先生，這套房子如果按實價填報交易價格，將繳納百分之三的稅款，就是說，你一百五十萬的房價要繳納四萬五千元的稅款，但如果按九十萬元的價格填報交易單，你另外再支付給賣主六十萬裝修費，總價不變，但契稅只繳一萬三千五百元。』」

「仲介表情豐富地朝我點點頭，意思是說：『這樣一來，你將減少多大一筆支出呀！』」

「我聽了很高興，說：『有這等好事？好，那就按你說的操作。你的傭金我會全額支付。』」

「那個男生滿臉燦爛地說：『好，這樣大家都得利，用現在時髦話講，就是雙贏。哈哈。』」

「這個我知道，在中國買房，大家都這麼做。」我淡然回道。

「但你不知道，在國外買房，完全不是那回事。」譚德來非常認真地說，「西歐國家那才叫法制社會。」

我有些聽不下去，下意識皺了皺眉。

譚德來馬上說：「你別感冒，我沒吹寒風，西歐氣候好著呢。如今世界性金融危機，西歐房價下跌，那可是掃貨的春天。就最近，在馬德里一個華人聚焦區，我看中一套三室一廳的房子，房價不到十三萬歐元。在西班牙買套房子可是我多年的夢想，現在機會來了，我哪肯錯過這種機會。我去找仲介，沒想到，再次碰到當年那個『中遠』的男生。他見到我也是一臉的驚訝，說：『怎麼是你呀！』我說：『你能來馬德里，我就不能？』那男生興奮地衝上來抱住我：『真是你啊。』當他聽說我要買房子，立刻表示：『這事交給我，我一定幫你弄舒坦了。』我對他自然放心，他的信譽記錄很好。我就說：『你辦事我放心，這事就拜託了，一切按老規矩辦。』」

「那個男生確實很賣力，在他的積極調停下，房主一再讓價，最終以十二萬五千歐元一錘定音。在具體操作時，我按十萬歐元填報交易價，二萬五千歐元算作裝修費。他對買賣雙方說：『這樣操作呢，賣方不吃虧，但買方可以少繳二千歐元稅。』這樁買賣我是佔便宜的一方，所以我就衝著賣主說：『交易結束後，我請你喝一杯。』賣主聽了很高興，說：『好呀。』」

「開春之後，銀行貸款，產權轉讓等一切手續全部辦理完畢。我又花了一點銀子把房子裝修一新，一個溫馨漂亮的新家就這樣承載了我的全部美夢。」

「然而，之後的一天，我突然收到一封區政府的來函，大意是我購買的房子過於便宜，不符合市場價格，按市場價格必須繳納五千多歐元罰款！」

「什麼？我看完信頓時跳了起來，因為找不到一個合適的發火對象，便衝著妻子大吼：『搶錢呀，市場經濟，買賣雙方是自願的，就像周瑜打黃蓋，一個願打一個願挨，你政府管得著嗎？』妻子一頭霧水，看我一臉發怒的表情，非常詫異。」

「你知道跟政府沒法說理，我當時唯一能做的事就是通過法律途徑解決爭端。」

「第二天，我找來律師。律師聽完我的講述就勸我：『這場官司勝訴的可能性很小。』我聽了頓時跳起來問：『為什麼？西班牙不是很講民主的嗎，民告官難道就不行了？』」

「律師說：『不是這個意思。西班牙的法律規定，大宗物品交易，含有價格稅和價值稅，價格稅是指交易雙方成交價格所應繳納的稅費，而價值稅則是該物品根據市場價格應該支付的稅費，當價格與價值發生較大差異時，政府可以出來干預，並可以讓買方按價值繳稅，並將處以罰款。』」

「這個虧我可吃大了。我憤憤不平地說：『我將莫名其妙多付三千多元。』」

「律師笑說：『打官司你還得多付幾千元。』」

「暈！這不是偷雞不著蝕把米嘛！」我說。

譚德來看我一眼說：「現在你不會皺眉了吧？」

逛超市

老爸退休後喜歡逛超市，除了颳風下雨，他每天都會把附近A、B、C、D幾個超市逛個遍。晚上回家吃飯，他邊喝小酒邊說：「知道嗎，今天B超市的海獅油搞特價，只賣四十七元一桶，A要五十一元。C在搞促銷，海天醬油只賣五塊兩毛一瓶，同樣品牌跟容量的醬油，A賣九塊一毛元。」

老爸說得眉飛色舞，女兒在一旁抿著嘴笑，她不想打斷爺爺的高興勁。

這時我媽就說：「好啦，都快八十的人啦，為了貪點小便宜，跑這麼遠的路，不值！」

爸頓時就不樂意了：「怎麼是貪小便宜，現在政府採購也要講個市場詢價，也在提倡節約。」

我笑說：「你又不是政府，政府那是為了增加採購透明度，杜絕採購中的腐敗，你用的是自己的錢，只要花得舒坦，省那幾個錢幹嗎，你又不缺錢。」

爸突然激動起來：「這不是缺不缺錢的問題，有錢也要省著花，這不是一種什麼小市民心態，而是中國人的傳統文化。」

我馬上舉起雙手說：「我認輸，老爸，你也太有文化了。」

這時，我突然想起另一件事，問：「爸，最近天熱，你可別捨不得開電風扇呀。」

「開啦，我們不像你，動不動就開空調，不僅費電，還影響環境。」

女兒接話說：「我也不想老吹空調了，老爸說也給我買個風扇，吹著比空調舒服。」

「那就去B超市買，同樣型號的比A便宜二十多元。我明天給你搬回來。」老爸說。

我說：「還是我自己去吧，老遠的路，搬個風扇，重死了。」

爸有些不樂意，但沒吱聲。

當天下班時，我路過A超市，找到了電風扇的區域，正在看，突然有人從背後說了一句：「這個型號的電風扇在B超市買要便宜二十多元。」

我回過頭去，見也是一位老人，便笑說：「我知道，我老爸昨天跟我說了，但去B超市要多跑半小時路，不值，他要給我買，我沒讓。」

老人說：「小夥子你別怪我多嘴，這不是錢的問題，老人閒在家沒事，四處走走看看，也是一種樂趣，一種鍛煉。如果能買到更便宜的商品，也有成就感。所以，這二十多元，能買來健康，買來充實，值！」

聽了老人的話，我遲疑了一下，把手裡的電風扇放回了原來的位置。

散淡老人

少峰與周老伯相識，並成為忘年交，純屬偶然。

一次，少峰到一所學校講課，在門衛向一位看門老伯打聽某個老師。老伯隨手拿起毛筆在一張廢紙上匆匆寫了幾行字，請他按此尋找。少峰接過紙條的一剎那，眼睛一亮，暗歎：「然藏龍臥虎呀。」

周老伯世代書香門第，他大學畢業後，認為自己上不能「醫國」，次不能「疾人」，便選擇了看門。老伯看了一輩子的門，平淡一生，無甚嗜好，唯獨喜歡字畫，他的字，散淡飄逸，跌宕有致。他的畫，濃淡枯瘦，淋漓帶露。少峰說，他的字畫傳遞著現代人少有的寧靜和沖淡。

少峰不僅在市級書法協會和油畫協會擔著一定的職務，主要是他本身也是書畫名家。因此他很希望周老伯能出山教書育人。因為習字練畫需要一種平和的心境，需要一種橫向的銜接和豎向的傳承，而周老伯的字畫恰好具備了這種元素。

然而，周老伯卻拒絕了少峰的邀請，說：「我無力教我願教的人，我不願教我不能教的人。」

這句說得有點繞口，但少峰聽明白了。

少峰不想埋沒了周老伯，他非常誠懇地向周老伯提出，給他的字畫出專集，費用全部由協會來承擔。不料還是被他拒絕了，他說他不能誤人子弟。

少峰常會在圈內說及周老伯，說他是個真正的隱士，把字畫喜歡到一種境界，才是個大家呢。圈內人便有些好奇，都想一睹他的廬山真面目，更想拜讀他的字畫。少峰說只能試試，於是少峰就對周老伯提出，讓他在國際性的展覽會上出展幾件作品。

老伯沉吟半晌才勉強答應。但臨近開展前夕，老伯突然改主意了，說不去了，說找不出什麼像樣的作品。

少峰有些不悅，覺得老伯有些不近情理。

老伯說：「這件事真的很抱歉，怪我沒想周到。你想，我只是個平淡人，拿到眾人面前去擺譜，還是我嗎？」

「你不去，不也是一種擺譜！」少峰真有些生氣，為此他有很長一段時間沒與周老伯走動。直到後來聽說周老伯將他一生收藏的一百多幅明清字畫全部捐給了市博物館，敬重之意油然而生。這才重新登門。

談及此事，周老伯還是淡淡一笑說：「其實沒什麼，我只是不想讓這些字畫變成錢，變成流通的物。因為我的子女不懂字畫，我不放心交給他們，才交給了國家。」

少峰震動了，至善若水，真愛無痕。

少峰說：「我要結婚了，想請你給我提個字，留作紀念。」

老伯很開心的樣子說：「真是喜事，結婚是件大好事。只是……」老伯猶豫不決地說：「少峰啊，你怎麼讓我提字，你還缺少給你提字的。你知道，你是寫字的，而我不是，你怎麼讓不會寫字的人給會寫字的人提字？」

少峰一時有點下不了臺，心想：「我是敬重你的人品。」

少峰真的有點生氣，周老伯連他結婚這等大事都不肯給他面子。看來隱士就是這德性了。然而過了一週，周老伯突然打電話給他，讓他去一趟。少峰竊思：「老伯想通了？」

老伯果然送給了少峰一幅字，但少峰打開看時，卻是清朝名家的真跡：「夜近月斜樓」。儘管只有五個字，但字字值錢。他又一次感到了羞辱：「老伯，你這是什麼意思？」

「別急，你接著看，看落款。」

少峰展盡畫軸，才見一行小字：「為慶賀少峰弟新婚，周凱相贈。某年某月某日。」

「你要我的字，我寫了，但不是作為禮品，我的字怎麼可以當禮品送人，禮品是上面這五個字。」

少峰的眼睛頓時有點濕。

享受單間

這個時候，照例是敬老院老人打牌、運動、聊天的時候。

像往常一樣，林蔭還是喜歡坐在大廳的角落裡，聽從前的廠長、教授們吹牛、發表演說。

但今天有點煩，林蔭同屋的謝老太不停地衝著林蔭大聲嚷嚷：「你睡覺那個打鼾聲，震天動地，吵得人家一晚沒睡好。」

林蔭有些歉意地說：「是嗎？我已很注意了，儘量側睡或少睡。」

謝老太並不甘休說：「打鼾也就算了，還莫名其妙地『哼哼』，哼啥呀，你不知道自己住的是雙人房！」

林蔭愣了愣，她身上有舊傷，那是土改時遭土匪襲擊落下的，她已盡力克制，很久不哼了，興許是老了吧。「我……」林蔭想解釋一下，但不知怎麼解釋。

這時蕭廠長就插話了：「林師傅，你為啥不住單間，看著你也像個當幹部的，經濟條件不會很差吧。」

林蔭微微一笑說：「我哪住得起單間，退休工資低呀。」

「你啥時參加工作的？」蕭廠長有些不信，他非常相信自己的眼力。

「我是四九年參加土改的，八月份接受培訓，十月份正式參加工作，但為了紀念新中國的成立，填寫履歷時，我們都填十月一日。」

「你可以享受離休呀，按政策，培訓期間就可計算工齡，只要有人證明。」

林蔭含意不清的笑了一下，為這事，兒子跟她沒少爭執。她當時不去辦的理由很簡單：既然履歷上填寫十月一日，就按履歷辦，人老了，不能為黨工作，已給社會增加負擔了，還爭啥呀。

兒子說：「這不是爭不爭的問題，你該享受的，為啥不爭，這一進一出，天壤之別呀。」

林蔭沒理會兒子，心想：「『利』讓三先，是共產黨員的起碼要求呀。」

「即便不享受離休，你這麼早參加工作，工資也不該很低呀。」蕭廠長依然尋根問底。

林蔭有些無奈地說：「早些年我在機關工作，每次加工資都提倡給一線工人加，後來到了工廠，並支援『小三線』，那時加工資，又輪到優先考慮機關事業單位了，我是兩頭都沒落到好」。

「支內職工回滬後，都能分到一套房子，你把房子賣了，現在也不至於很窮呀。」蕭廠長到底是管理過萬人大廠的，提問環環相扣。

林蔭終於被蕭廠長問得有些招架不住了，她輕歎一聲說：「我沒要，為這事兒子跟我鬧翻了。我當時考慮問題是有些簡單，認為有房住就成了，沒考慮兒子結婚也需要房子，我們那時代所接受的教育不一樣。」林蔭說完這番時，明顯感到大家都用異樣的眼光看她，便馬上補充一句：「那時太老實了。」

「啥老實，就是傻瓜一個。」謝老太非常鄙夷地插了一句：「怪不得兒子不來看你。」

「那你自己住的那套房子呢？」蕭廠長仍不死心。

「四年前，我老伴生肝癌，醫生採用截入療法，都屬自費範圍，費用很高，我便賣了房了，結果錢用去大半，老頭子還是走了。」說到此，林蔭眼框中有些淺淺的濕潤。

「你思想好有啥用，看病還不是照樣自己掏錢，沒見過你這麼傻的人。」謝老太有些忿忿不平地說，「剩下的錢，你可要捂捂緊囉。」

「哪還有啥剩錢呀，汶川大地震時，全交特殊黨費囉，沒錢一身輕呀」林蔭自言自語地說，完全不顧別人的感受。

大廳頓時有些沉寂。

這時業務部徐經理正好經過，就問：「剛才還聊得熱火朝天，怎麼突然就熄火了？」

蕭廠長趁機拉住徐經理說：「三〇一室林老師睡覺打鼾太重，影響謝老太睡眠，大家正要找你，讓她搬出去住。」

蕭廠長一直是老人們的維權代表，所以他的話一般都能得到尊重。

「是嗎？」徐經理停頓了半晌，掃了眾老人一眼說：「那好吧，就讓她搬到四〇六房間。」

之後，林蔭就一直單住。凡有新人到來，老人們都會勸說：「別跟林老師住，她打鼾重。」而且，大家都喊她老師，沒人叫她師傅。

「合理」偷盜

超市商管部這天收到一封員工來信，反映店內管理人員廉價購買自己門店裡的商品，其行為是變相偷盜。

「這還了得！」商管部經理頓時沉下臉來，「簡直是監守自盜麼。」經理讓小王馬上下去調查，如情況屬實，即予處理。

小王下店後即把信中反映的三名相關人員分批叫進辦公室。

他問甲：「有人反映你上班時購買本店商品，而且價格特別便宜？」

甲頓時漲紅了臉，結巴著說「有……只怪自己貪圖小利，花三元錢買了三斤荔枝。」

小王緊鎖眉頭：「貪圖小利的人還能留在超市嗎？你認識到問題的嚴重性嗎？」

甲趕緊說：「認識，認識。」

小王說：「認識就好，我也不開除你，你自己打份辭職報告吧。」

甲遲疑了半晌，然後含淚而出。

小王接著把乙叫進門，說：「知道為什麼叫你嗎？」

乙比較沉著，回說：「不知道。」

小王即說：「據反映，你上班時購買了本店商品？」

「是啊，買了，我兒子生病，店裡忙，老是加班，沒空給兒子買水果，便在店裡買了五元水果。」

「買了什麼？買幾斤？」

乙平靜地說：「荔枝，買幾斤不知道。反正拿回家還被老婆罵了一頓，說買貴了，不划算，無端給店裡做貢獻。」

小王說：「你知道店裡規定嗎，上班時不能在本店買商品。」

乙說：「知道。」

小王說：「知道還買，明知故犯，罰款二十元。」

乙滿臉委屈，但沒爭辯，只是答應著退了出去。

繼之，小王把丙叫進辦公室。他沒有馬上發問，而是用沉默來增加一種威懾力，然後突然問道：「知道自己做了什麼事嗎？」

丙顯得莫名其妙，說：「什麼事，除了工作，吃飯，就是睡覺。」

小王提高嗓門道：「最近有沒有在店裡買過東西？」

丙說：「買過。」

小王即說：「知道上班時間不准購買本店商品嗎？」

「知道，但我不是上班時間買的，而是下班後，在外面轉一圈才回店買的。請問，員工下班後是否可買本店商品？員工手冊上也沒規定不能買吧。」

小王頓時語塞，旋即問：「買什麼？買了多少斤？」

「買了五元錢荔枝，多少斤，不知道。我只是作為一名普通顧客來超市購買商品，至於營業員給我多少，是否給我優惠，那是她的事，與我無關。再請問，下面隨便什麼人一紙誣告，你們就興師動眾，亂罰亂砍，那我們以後還怎麼工作？」

小王被問得啞口無言，愣了半天才說：「好了，你走吧」

丙暗想：「真傻，同樣的事，換個角度說，不就合理合法了。」走出門時，他還故意把門摔得很響。

給兒子一個A

父親決定辭職，只是為了給兒子一個更大決心。

一年前，兒子的讀書成績很糟，糟到除了英語是六十一分外，其餘功課全部只有三十到四十分。父親讀到兒子的成績單時，心裡酸酸的。

三年前，妻子死於一場車禍，兒子沒了母親，就像斷了線的風箏，不著天不著地，結果高中沒考上，落到了技校。就此，兒子整天跟一群不思進取的同學泡電腦。

那天父親沒吃晚飯，腦子裡始終盤桓著米開朗基羅說過的一句話：「在每一塊石頭或大理石裡面都蘊藏著一尊美麗的雕像。」可兒子的「雕像」藏在哪呢？他邊想，邊撕著成績單，那完全是下意識地撕，但就在撕到英語成績單時，他腦子裡突然閃過一個想法，他試探性地對兒子說：「跟你商量一件事。」

「什麼事？」兒子顯得很煩，他正在玩電腦遊戲。

父親說：「我覺得你的英語不錯，很有天賦，你回家從來不讀英語，居然也能考及格。」

「那又怎樣？」兒子有些得意，扭過身子。

「你每天泡六小時電腦，如挪出兩小時學英語，肯定會使英語成績突飛猛進，因為你有語言天賦。」

「兩小時啊？」兒子翻了翻眼睛，又翻了翻眼睛，最後答應了。

兒子的英語成績果然有了明顯提高，兒子果然有語言天賦。後面這句話是父親強加上去的。但兒子的潛意識卻被某種東西喚醒，他覺得兩小時不夠用，自動加了一小時，又加了一小時……最後他沒時間玩電腦了。後來學校組織的幾次英語比賽，他都得了第一名。

之後的一天，父親又對他說：「你現在是英語尖子了，你不能只有一門功課拔尖，其他功課也要抓抓，否則跟你的第一名不般配呀。」

兒子抓頭，心想：「真是呀，其他功課也該抓一下了。」

那天，兒子突然跟父親提出，他想退學。

父親大吃了一驚，腦袋「轟」了一下，說：「你現在已是學校的尖子生了，好好的，為什麼要退學呢？」

兒子抓了抓頭，說：「你不是說我有語言天賦麼，我也這麼認為，所以我想退學，在家自學一年高中課程，然後去考英語大專班。」

父親開始冒汗了，他擔心弄巧成拙，儘管米開朗基羅說過，每塊石頭裡面都蘊藏著一尊美麗的雕像，但兒子這塊石頭裡面有沒有美麗的雕像，他真的毫無把握。父親擦汗了，他躲閃著說：「讓我想想。」

「不，不管你同不同意，我都決定退學。」兒子突然變得霸道起來。

父親瞅了兒子一眼，他從兒子的眼中看出了某種火光，那火光把他灼疼了。也就在此時，他的腦中突然閃過一個比兒子更瘋狂的決定：「好吧，你退學，我辭職。」

「什麼！」兒子睜大眼睛，「為什麼要辭職？」

「我們一起背水一戰，我給你當後勤。我對你有信心。」

這一次，兒子真的被父親逼到了懸崖邊上，要麼跳過去，要麼摔死。但父親跟他一起跳，讓他膽氣橫生，並讓他感到了溫暖。

一個陽光明媚的早上，父親在報上讀到了這樣一則報導：〈給孩子一個A〉，報導說一個父親不斷用「A」將一個殘疾女兒培養成了博士生。文章最後說：「一個人僅僅需要把那多餘的部分剔除，就能展現出他內在的藝術來。」

父親頓時興奮起來：「對呀，我從來只給兒子打『A』，只看他『粗糙頑石內部的美麗雕塑』。」

就在這時，電話響了。父親拿起電話，是兒子打來的，兒子那興奮的聲音把父親的耳朵震得嗡嗡響：「老爸，這次考試我又得了個A，我的高級口譯也過了」。

「是嗎？」父親有些懷疑自己的耳朵，他不由自主道：「Today, the entire world has known me. At that moment, I have heard people's exclamation and resound applause through the heart door leaf.（今天，整個世界都認識了我。那一刻，我聽到人們的驚歎和響徹心扉的掌聲。）」

「爸！」兒子驚訝萬分，「你也會說英語啦？」

父親一愣，隨即哽咽道：「陪你練了六年英語，還能不會？」

老顧這人

老顧這人很自尊，又很自卑。他怕與人打交道，尤其不喜歡逛商店，他怕碰上態度生硬的營業員，他從不敢理直氣壯地對商品進行挑剔，因為他其貌不揚，並有高度近視眼。他能從營業員任何一瞥冷漠中，敏感地捕捉到足以擊跨他自信的東西。然而在商品社會裡，他無法躲開商品的包圍。

某一天，老顧到商店去購物，看好了貨，卻看不清那標牌上的價碼。那貨放在櫃子裡隔著玻璃，致使形成一道無法逾越的距離。老顧瞅一眼營業員，營業員冷冷的眼神裡透著一種漫不經心的迷惘。老顧收回目光，心裡徘徊了一陣，倒底問，還是不問？怕只怕價格遠超過他的估計，問了不買將會有什麼樣的遭遇？他囁嚅著，還是沒問出口。只是取下酒瓶底般的眼鏡，把臉緊貼著檯面玻璃。瞅了半天，依然沒看清標價。於是他重新抬起頭，戴上眼鏡，脫口輕問了一句：「小姐，這東西多少錢？」

營業員小姐沒回答，似沒聽見，依然沉浸在某種悠長的沉思中。

老顧心裡被隱隱刺了一下。一種逆反心理的作怪，他大聲道：「小姐，我問你呢！」

營業員小姐嚇了一跳，惱怒地盯了他一眼，一臉不屑的樣子：「吼，吼什麼！你自己不會看？」

老顧的臉一陣發白，即道：「我看得清還問你？」

營業員小姐「噫」了一聲：「怪事，看不清是你的錯，還是我的錯？」

「你……」老顧又一次被刺傷了。自卑的反面是極端的自尊，他一掃斯文，猛拍檯面：「你什麼東西！」他怒目圓睜，一副欲把一切砸爛的架式。

營業員小姐尖叫了一聲，嚇得連連後退。離此不遠的櫃檯部女主任見了馬上跑過來勸解：「同志，有話好說，別發火，別發火。」

老顧氣得臉色由白變青，結結巴巴對著女主任吼道：「她……她什麼態度，我看不清才問她，我……我也是沒辦法，眼睛不好使嘛。」

女主任的態度很好，迭聲連連道：「是是，是我們的營業員態度不好，不過同志……」女主任拉老顧到一邊，壓低嗓門道：「你不知道，我們這位女同志最近幾天心情不好，她老公有外遇，被她撞上，正鬧離婚呢！」

「是嗎？」老顧這人很善良，一聽此話，心立刻軟了，道：「這就難怪她了，只怪我眼睛不好，什麼都看不清，連標牌都看不清，別說看寫在人臉上的心事。唉，活得真糊塗。」

「咳，糊塗好。我們這位女同志，就是看得太清楚，連老公有外遇都看清楚了。這不，看出痛苦來了。糊塗過去，不就沒煩惱了。」

老顧沒想到女主任能說出這般深刻的話來，並把他的缺點說成了優點，心裡很受用。便連連致歉致謝。買完東西，愉快地走了。

老顧剛走，店裡的另一位營業員忍俊不禁，拉拉女主任道：「主任，你真逗，把他哄得跟陀螺似的。你怎麼會編出小金她老公有外遇的事來？」

女主任未及回答。老顧突然返回店裡，一副很莊重很迂腐的樣子把女主任叫到一邊，遞上一張名片道：「我是搞文字工作的，別無所長，那位女同志如果需要我幫忙或打官司寫狀子之類的事，儘管找我。」

女主任愕然，臉上漸漸顯出一種嚴肅的表情來。

雙簣

阿興的倔脾氣是出了名的，他下崗後打算下海經商，朋友勸他：「阿興，你這脾氣不行，經商要會哄蒙拐騙，會笑裡藏刀，綿裡藏針……」

阿興瞪起眼睛粗聲粗氣地說：「我就不認這個邪，只要品質保證，價格公道，我就不信客戶不買我的貨。我不需要哄蒙拐騙那一套！」

阿興做起了水產生意。他勤奮賣力，進的貨比別人都好，而且價格便宜，又不短斤缺兩，但他賺的錢卻總比別人少。

這天，阿興進了幾箱海蝦，好貨價廉，賣得不錯。可剛賣了不久，來了一個中年婦女，說要買蝦，如果價格優惠她就多買點。

阿興就說：「價格已經很優惠了，你看隔壁攤位的貨，遠不如我。他們的蝦每斤要賣二十元，我只賣十八元。」

那中年婦女就說：「我知道你的貨好，便宜，我才上你這裡來買的。但我買得多，你再便宜兩元，十六元一斤，我就買三十斤。」

這時，後面又跟上來一位老年婦女說：「如果你十六元一斤賣給她，我也稱三十斤。」

阿興心裡儘管老大不願：「賣這價，利潤少得可憐，但她買得多，多少也有點賺頭，就賣了吧。」

於是，阿興也就不再多話，搬過一箱海蝦，就給她上秤。那婦女見阿興答應了，忙說：「慢，你這蝦怎麼大小這樣不均，喂，把小的拿掉點，換些大的。」

阿興有些來火：「這蝦又不是一個模子裡倒出來的，怎麼可能一樣大小？」

中年婦女就說：「老闆，你開始沒說這蝦是統貨價，現在既然定了價，總該讓我買了滿意吧。」

阿興硬是壓了壓火，任她揀大的，剔小的。等驗完貨，上好秤，

中年婦女又對阿興說：「給開張發票，另外再給我六十元回扣。」

阿興再也克制不住了，他把剛稱好的蝦猛地往後面那個老婦女的筐裡一扣，說：「這三十斤蝦，按每斤五元錢賣給你。」然後，瞪起眼睛對那中年婦女大聲吼道：「你給我滾，我寧可送人，也不賣給你！」

那中年婦女先是一愣。繼而罵道：「你這個人會不會做生意，規矩都不懂。吼，吼什麼？」

阿興捏緊了拳頭，又吼了聲：「滾！」

後面的老年婦女趕緊上來打圓場：「喂，老闆消消氣，這是蝦錢，按每斤五元計，三十斤蝦，共是一百五十元。拿好了，老闆謝謝了！」

阿興接過錢，看都不看一眼，往票箱裡一扔，說：「這種女人，佔了便宜還賣乖，還要回扣，操！」

那中年婦女朝前沒走幾步，突然又扭過身對後面跟上來的老年婦女喊了聲：「媽，我來幫你搬。」然後飄然而去。

阿興頓時氣懵了。

旁邊的攤主這時就說：「這個女人是附近一家大廠的食堂採購，常常與人一起唱雙簧，壓價鈿，吃回扣，是隻壞料。」

阿興悶悶不樂，心想：「惡人自有惡報。」

幾天後，這個女人果然因為偽造發票出了事，被公安局拘留，還罰了一大筆錢。

阿興笑瞇瞇地對旁邊攤主說：「看，上帝還是長眼的。」

神秘的告急電話

很平常的一天，沒有任何不祥的預兆。

上午九時多，老楊突然接到一個陌生男子的電話，聲音非常沉悶：「楊光的父親嗎，我是西安人民醫院的陳醫生，請您千萬不要著急，您兒子今天早上出了一起嚴重車禍，需要馬上手術，請您馬上將兩萬元匯入醫院的銀行帳號……」老楊頓時五雷轟頂。

兒子是上海交大的學生，今年才二十歲。遇上假日，母親讓他去旅遊，結果惹了這等事。急煞人的是，老楊一時不知找誰商量，他一聲不吭地出門，覺得現在說什麼都是多餘的，先到銀行匯款，救兒子要緊。但晦氣的是，屋漏偏逢連夜雨，老楊在穿馬路時不幸撞了一個滿臉紅斑的男子，還把他手中的藥片撒了一地。那男子一把攥住他，氣急敗壞地說：「你把我的藥都弄撒了，你讓我的麻風病還治不治啊，你賠我！」

老楊一聽麻風病頭皮就發麻了，趕緊說：「你別拉我，你的藥我賠，我賠，你說多少錢？」

「五百元。」

老楊趕緊掏錢塞給他：「這是五百塊，你走，趕緊走。」

男子拿了錢，二話沒說，閃過人群便消失了。老楊重重地吐出一口氣，正欲走時，猛覺得那撒在地上的膠囊有些異樣，蹲下一看：什麼玩藝，地上的藥全是發霉、過期的貨。上當了，老楊頓時清醒過來，他馬上聯想起剛才的那個神秘電話，是否也是一個騙局？

老楊躲到樹陰底下，重新將上午的電話回味了一遍，覺得疑點頗多：一、如果兒子傷勢嚴重，就根本無法告訴別人電話，兒子的通訊錄裡也只能找到朋友的聯繫電話；二、如傷勢不重，他完全可以自己打手機；三、醫生為何不用醫院的電話跟他聯繫，卻用自己的手機？對，馬上給兒子打個手機！老楊旋即掏出手機，但撥打過去後，得到的回答卻是：「您所撥打的電話已關機。」不可能！兒子出門前跟他都說好的，他必須二十四小時開機。

老楊更堅定了自己的懷疑，這時他的思維變得異常活躍，既然那個陳醫生是西安人民醫院的，打個電話一問便知。老楊通過問詢台查到了醫院的電話，打過去一問，醫院回答：「上午根本就沒有接到過交通事故的受傷病人。」

有人行騙是肯定的，但兒子為什麼關機？他是否會有危險？老楊不敢往深處想，一想心就發毛。目前最要緊的，是與兒子聯繫上。

萬般無奈之下，老楊給兒子發了一個短信，並讓服務台每隔半小時發送一遍：「當心騙子，即給家裡回電！」他想，只要兒子打開手機，就會馬上收到，就能有所警覺。

直到下午四時多，老楊才接到兒子的電話，至此真相大白。

原來兒子在旅遊途中結識了一個自稱是西安交大的學生。兩人談話頗為投緣，對方便邀請楊光同去他家小聚，觥籌交錯之際，楊光便把家裡的電話告訴了對方，希望以後經常聯繫。對方告訴楊光他家位於軍事重點區域怕信號干擾，要求楊光關了手機，如需對外聯繫，可用家中電話。

楊光也沒在意，與他喝酒聊天，東西南北，慷慨激昂。

後來對方接了個電話，說是朋友遇到意外，他必須去處理一下，讓楊光千萬等他回來。但久等不來，楊光感到納悶，無聊之中，忘了朋友的吩咐，一時打開手機，意外看到父親的短信，頓時嚇出一身冷汗。

楊光立即報了警。

此騙子不久便落入了法網。

慣偷「西瓜皮」

「西瓜皮」剛二十出頭，但已是行裡的老手，坑蒙拐騙、偷盜搶掠無所不能，且逃術極高，故被稱之為「西瓜皮」，意為踩著西瓜皮滑溜——快捷。

「西瓜皮」這天到街上去閒逛，偶然看見一個靚妹在街心花園等人，她穿著時尚，背著單肩包，正專心致志地打手機。西瓜皮看了她一眼，估算著她包裡的貨。不遠處的音響店正在播放思雨的歌：「我悄悄地蒙住你的眼睛……」靈感一閃，「西瓜皮」突然有了主意，他悄悄地跑到靚妹身後，出其不意地蒙住她的眼睛，柔情蜜意地說：「猜猜看，我是誰？」

靚女扭動著身子說：「不猜，不猜！放手！」

「西瓜皮」沒放，他一隻手蒙著她的眼睛，另一隻手迅速在她的包裡摸走了錢包。

「你放開，放開呀。」靚女繼續喊著。

「西瓜皮」放開手，裝出不好意思的樣子說：「不好意思，不好意思，我認錯人了。對不起！對不起！」

靚女一臉的茫然，「西瓜皮」溜之大吉。

用這個方法得錢太容易了，「西瓜皮」對自己的聰明陶醉了好一陣子。

第二天他換了一個地方，這是蘇州河邊的一個綠地，他看見一個姑娘獨自坐在椅子上閉目養神，單肩包斜擱在她的右胯，心想：「這個包裡的錢太容易拿了，無需我扮演多情王子。」他悄悄地靠近，但就在走近她的剎那間，他突然看見一棵大香樟的旁邊坐著一個戴墨鏡的老者，正面對著他。他大吃了一驚，但收手顯然已晚，便趁勢蒙住女孩的眼睛：「猜猜看，我是誰？」

女孩很鎮靜，說：「我知道你是誰。」

「西瓜皮」一邊說：「我是誰？」一邊就向女孩的背包伸過手去。但女孩突然抓住他的手說：「你讓我摸手，我一摸就知道。」

「西瓜皮」沒料到女孩會這麼嗲，但他明白不能耽擱太久，否則會壞事。再則，樹底下的那個戴墨鏡的老者一直打量著他，令他心虛萬分。他甩開女孩的手說：「你猜不到，猜不到的。」但女孩就是不放手，說：「我就猜得到，一定猜得到的！」

西瓜皮急了，他用了十分的力，拚命甩脫女孩的手，同時，狗急跳牆想搶了包就逃，就在他準備逃脫的瞬間，他背後猛地衝過來一個男子一把抱住了他的腰，並高喊一聲：「別跑！小偷。」喊聲驚動了那個戴墨鏡的老者，他站起身，隨手從旁邊拿起一根瞎子探路捧。

原來是個瞎子呀！他頓時懊喪萬分，早知他是個瞎子，還用他扮演多情王子嗎？更讓他大跌眼鏡的是，女孩也是個盲人，所謂「眼瞎心特明」，他的蒙眼偷盜伎倆，用在盲女身上反是弄巧成拙。

其實女孩早就聽到身後的腳步聲了，在「西瓜皮」蒙住眼睛的剎那，她就知道有異，女孩一面跟西瓜皮周旋，一面迅速按了手機的特別呼叫設置，她舅接到呼叫就從附近趕了過來。

最終，靠大家幫忙，合力抓住了這個慣偷。

奇怪的催款

女兒總算考入重點高中！吳曉春得知這個消息後非常高興。

一年來，她為女兒所付出的代價總算值了。儘管此刻她的肚子又在隱隱作痛，她明白自己肚內的瘤只要一天不切除就有可能從良性轉為惡性。但有啥辦法？吳曉春一年多前因單位效益不佳，就被宣佈下崗。丈夫雖然早出晚歸去上班，但收入也不高。女兒升入初三，雖然成績一向不錯，但還是有許多人勸她在女兒衝刺重點高中的關鍵時刻，為她請個家教。吳曉春想想也對，自己文化不高，現在已嚐夠了個中的苦楚。女兒無論如何也該跨上一個新臺階。然而就這時，她肚內被查出生了個瘤。醫生讓她盡快手術，因為腫瘤較大，隨時有可能棄「良」從「惡」。但一算手術費用，她嚇了一跳，好大一筆開支，哪裡去找啊？別管它，還是給女兒請家教要緊。於是她就瞞著丈夫和女兒，偷偷給女兒請好了家教。

這一年裡，都是由她用自行車馱著女兒去上課，送到家教老師家的大院門口，然後又按時在約好的地點接女兒回來。

然後這天，她突然接到一個奇怪的電話，是女兒的家教白老師打來的，說她女兒去上過兩次課，一共是兩百元，至今未付。她女兒如果沒考取重點高中也就算了，既然考上了，他這兩次輔導也是功不可沒的。吳曉春就奇怪了，說她女兒不是上了兩次課，而是上了整整一年，她一分錢也沒少給過，怎麼……

白老師就說：「那你問問你女兒，問她到底是怎麼回事？」

吳曉春就有些生氣，晚上等女兒回家後，就把白老師打電話來要錢的事跟女兒說了。

女兒聽後一愣，但隨即就說：「別聽他瞎說，他大概是想錢想昏了頭，哪有的事嘛！其他錢都給了他，為何獨獨少他兩次課的錢？」

吳曉春想想也對，就暗自嘀咕了一句：「這白老師也真是的，還為人師表呢。」

過了幾天，吳曉春又接到白老師打來的電話，問她怎麼沒反應？她就把女兒的話原封不動地搬給了他。

白老師就說：「你女兒只上了兩次課，以後她再也沒來過。」

吳曉春頓時暈了，搞不清究竟是怎麼回事。

女兒一回家，她就有些光火，大聲問：「你究竟搞的啥名堂？白老師說你只去上過他兩次課。」

女兒似乎早有準備，不慌不忙地說：「這肯定是個冒牌貨，每次上課都是你送我去的，你總不該懷疑是在作夢吧？」

吳曉春被問住了，略略沉吟後就說：「那好，你明天給我去白老師那裡給我打張紙條來，讓他證明你沒有說謊。」

女兒說：「行。」然後就回自己房間去了。

第二天，女兒真的給她打來一張白老師的證明。證明其女兒確實一天不落地上課了，也付清了全部學費。

吳曉春這才鬆了口氣。

誰想過了一天，白老師第三次又打來電話，問她到底還打算付錢不？若真有困難，明說也成。但不該裝糊塗，找藉口。

吳曉春這次真的來火了，說：「你這個冒牌貨，再來打擾我和女兒，就要報警了。」

白老師說：「你儘管報警，我願當面和她女兒對質。」語氣鑿鑿，不容懷疑。

吳曉春也是個爽快人，說：「那好，我陪女兒即刻過來。我非要把事情弄個水落石出。」

這天正好是休息天，她放下電話就要拉女兒去白老師那裡對質。這一刻，女兒的臉色突然白了，她愣在那裡，一臉驚慌的樣子。吳曉春也看出了事情有蹊蹺，便大聲問：「你給我說，到底怎麼回事？媽為你什麼苦都吃了，難道你就這樣報答媽的？」

女兒突然跪在了地上，並從口袋裡掏出一張醫院出具的付款證明，叫了聲：「媽媽！」眼淚隨之奪眶而出：「媽媽，我確實只去上了兩次課，但後來我從你的病例卡中得知，你肚裡長了個大瘤，因為沒錢動手術才一直拖著。媽媽，我是為了給你省這筆錢，你前腳送我到白老師家大院門口，後腳我就從大院邊門溜了出來。你讓我交給白老師補課的錢，加上我這幾年的壓歲錢和我偷著給飯店老闆洗盤子掙的錢，加在一起，已湊足你的手術費。我想白老師補課學生這麼多，區區兩百元錢，不會認真來耍，掏掏漿糊能夠混過去。至於那張證明是我讓同學代寫的。媽媽，請原諒女兒的不孝。」

吳曉春一把抱住女兒，頓時泣不成聲了。

凝聚的愛

當針頭扎進張樺手臂時，他頓時感覺到了尖銳的疼痛。這個才二十四歲的大男生用力握了握手中的塑膠球，鮮血迅速湧入採血袋中。那一刻，他感到熱熱的血液正朝著疼痛的方向奔走，然後迷失在愛的漩渦裡。

他剛到上海打工時才二十二歲，一個充滿夢想的年齡。他是通過老鄉介紹進的機場。當時那位管人事的問他：「你能做些啥？」他伸出手臂向人家展示三頭肌，說：「我練過武術，當保安肯定稱職。」那人就說：「當保安不靠武力，靠的是責任。」他說：「俺認死理，把俺釘在哪裡，俺就在那裡生根。」那人當時就笑了，說句：「有意思。」

然後張樺就被分配到機場監護科擔任飛機監護工作，穿上制服，他感覺很神氣，但更多的，是讓他感到了一份責任。這裡沒有「農民工」的稱謂，機場每個員工就像機場這棵大樹底下縱橫交錯的根脈，在支撐這棵大樹的成長，而他張樺就是其中之一。他的師傅在給他講這些道理的時候，張樺的表情有點古怪，太多的「藥家鑫」事件，太多的「碰瓷」事件，他不知該相信誰。但工作了一段時間後，張樺的認識漸漸發生了改變。

站在機坪監護飛機其實挺苦挺累。大冷天裡，北風呼呼地刮，所有監護人員必須把自己站成一棵大樹。這時，班長就會跟他開玩笑：「好想在白樺林裡，燒起一堆篝火。」他聽了就笑，說：「你想躲到我的樺樹底下取暖吧。」夏天，太陽熱辣難擋時，班長又會說：「白樺該長滿樹葉了吧。」張樺又是笑說：「長滿了，但輪不到你，我師傅還沒涼快呢。」班長就說：「偏心呀。」張樺「哼」了聲，沒吱聲，心想：「哪是我偏心，師傅對我實在太好。」

張樺剛在市郊住房時，啥都缺，都是師傅從家裡拿來給他補齊的。還有一次老家來信，說他母親病重沒錢住院。師傅知道後馬上從褲兜裡掏出一千元，拍給他：「拿著先用！不夠讓大家再湊湊。」班裡同事見了，你一百、他兩地掏錢給他。後來，他聽說師傅有個兒子一直生病，花了許多錢，經濟並不寬裕時，心裡特別難受。想：「認識這些人，是我前世修來的福氣呀。」

到機場的第二個春節，張樺沒回家，師傅從家裡給他包了一大盆水餃。他當時吃著師傅送來的水餃，正看著電視裡播報的一條新聞，一群網友幫助白血病小男孩。網友發貼說：「需要我獻血時，叫一聲！」張樺看了心裡猛然一暖：「好有愛，我也是A型血，我也能做點什麼！」旋即放下吃到一半的水餃，打開電腦，加入了新浪微博上那個叫做「A型血互助團」的圈子。而團裡的一封求助帖，引起了他的注意：「一朵鮮花剛剛打開，就面臨著凋零。」一個七歲孩子，突發急性重型再生障礙型貧血，需要手術。由於醫院血庫A型血小板缺乏，孩子的身體各處開始滲血，再不及時補充血小板，一個母親將失去她的希望，一個父親將面對絕望的深淵。張樺看了心中一沉，他隨即發帖：「我是一棵白樺，我將用我的身子，為一朵小花抵擋寒流。」之後，他就給醫院打去電話，說他願意為小孩提供血小板。

其實在很長一段時間裡，張樺都在為一種觀點糾結，就是「利已主義能夠推動社會發展」的觀點，持這種觀點的人把社會的進步和發展全部歸結於「慾望」的存在。但自從進了機場，自從與他的那個團隊相處之後，張樺覺得「利他主義」是更為融洽的一種社會關係，有利於社會的和諧發展。那次獻完血小板之後，張樺就在網上發帖：「我希望我所捐獻的血小板，不但能加速孩子凝血和止血，修補他破損的血管，更能因此凝聚社會的良知和愛心，修補日益敗壞的社會道德。」帖子發出去不久，他就收到許多跟帖，有說：「支持！」有稱他：「牛人。」也有說：「但願美好的希望與現實不再相悖！」

張樺明白，這個社會不會因他的一次捐獻而有所改變，但他相信，這個社會一定會因他往火裡添加了一根樹技而更加溫暖。他之後又獻了兩次血小板，他沒告訴任何人。他覺得這沒什麼，不值得一提。

要不是之後的一次大掃除，同事們在整理櫥櫃時看到那張捐獻血小板的證明，也許至今沒人知道此事。

師傅見了，非常高興地拍拍他的肩說：「沒讓師傅白疼你。」

張樺憨厚地一笑說：「沒什麼，血小板就像莊家，割了一茬長一茬。」

師傅說：「哎，你所捐獻的血小板，將挽救一條生命。」

師傅突然有些激動，說：「我兒子前些日子患了再生障礙型貧血，就是被一個好心人捐獻了三次血小板才救回來的。」

張樺聽了一驚，問：「我咋不知道，你兒子叫啥名字？」

師傅說：「王磊。」

張樺說：「七歲，A型血，一朵凋零的花。」

師傅一愣，但旋即就有些哽咽：「你就是白樺樹！」

開往春天的公車

「本線終點站巴黎春天，下一站，胸科醫院，下站的旅客請做好準備。」報站器剛報完站，一個二十歲左右的男孩突然衝著售票員小連咧嘴一笑，問：「漂亮姐姐，車是開往春天的呀？」

小連一愣，但旋即看出他的異常，微笑道：「是巴黎春天吧，你到哪？」男孩瞅了瞅窗外，回道：「這是上海，應該是上海春天。」

車廂內頓時引起一陣小範圍的哄笑。

小連剛想解釋，一位乘客擠過來問她：「同志，附近哪有銀行？」

小連親切地回道：「這條線沿途有二十九家銀行，你從這站下去，往前走八分鐘是上海銀行，下一站下去，往回走五分鐘是工商銀行。」

「哇，漂亮姐姐，你正酷。」男孩滿臉真誠地盯著小連，像盯著貝克漢。

小連笑了，她從男孩清澈的目光中讀到了某種裂縫，跟他交流，必須穿越時間的斷層。她問男孩：「為啥叫我漂亮姐姐？」

「城市因微笑而美麗，你一直在笑呀。」

「好有文化，說話跟讀詩一樣。」小連被他的回答逗樂了。

「我讀過大學，很聰明的，但我忘了，是我媽跟說的。」

小連暗暗悸動：「他還讀過大學？怎麼看，都像個需要特殊照顧的男孩。怎麼幫他呢？」小連突然想起五年前，她剛做售票員那會兒，有位乘客向她問路，她指了一條完全相反的路，結果是老乘客的及時糾正，才沒讓她出洋相。之後的一個月裡，她利用做一休一，沿線四十公里收集相關資料，如：換乘地鐵、醫院、銀行、觀光景點等等。那些瑣碎的記錄被她串成一條美麗的項鍊，掛在了城市的視窗。

小連即問男孩：「你到哪去？」

男孩茫然地看著小連說：「回家，但我不知道怎麼回家？」

小連一愣：「那你怎麼出來的？」

「跟媽呀，後來走丟了。」男孩無奈的表情既純淨又閃爍不定。

「別急。」小連安慰道，「你想想，你家在什麼方向？有什麼特徵？」

「什麼是特徵呀？」男孩在黑暗中扭曲著記憶的光芒：「喔，我想起來了，我媽說，我家在春天旁邊。」

「喔，是巴黎春天，跑完這圈，我正好下班，我送你回去吧。」小連動了母愛之心，想伸手去摸男孩的頭，但中途又停住了，她突然看見男孩在抹鼻子：「呀，你流鼻血了。」小連吃了一驚，趕緊拿出餐巾紙去塞住他的鼻孔。餐巾紙原是給那些把車廂當食堂的乘客準備的。

男孩深深地看了小連一眼，沒吱聲。整個車廂都安靜下來，所有的關愛在積聚著一種力量，城市的喧囂被一種叫作善良的本質燃燒著，儘管已是夜晚，車燈甚至有些昏暗，但文明的燈盞卻照亮了每個乘客的心靈。

下班了，但小連還沒下班。她陪著男孩在「春天」旁邊找家。

夜色被霓虹燈浸泡著，小連能夠感受到一種物質被泡出來的奢靡，但她相信城市的淨化力，人類本性中最晶瑩的東西仍會長出春天的意象。

男孩不記得家，但他知道家門前有好大一片花園。

「哇，這裡處處是花香，像是梔子花！」小連一聲驚呼：「你看，是這裡嗎？」

男孩想了想，似在尋找一把丟失的鑰匙，一把開啟春天大門的鑰匙。「對，就是這裡！」

「對，就是這裡！」身後突然傳來一個中年婦女的聲音。

男孩猛然回頭，突然哭出聲來：「媽，你到哪去了？」男孩撲了過去。

「媽就在你身後，一直都在。」媽也有些哽咽，「對不起，對不起。」男孩的媽扭過身對小連解釋道：「為迎接十八大召開，我這個行風測評員必須履行自己的職責，白天忙，沒空，所以就晚上帶孩子出來看看，結果走散了。謝謝，真的謝謝你。」

「謝啥，都一樣，你這麼困難還帶孩子出來做行風測評。」小連有些感動，這種感動帶著某種溫潤：「這麼帥氣的小夥，怎麼會？」

「哎，都讀到大二了，一場車禍，讓他變成現在這個樣子了」母親被一種內心的掙扎扭曲了臉，但隨即平靜下來說：「還好，巴黎春天，這個地方好找。」

「不，是上海春天。」男孩突然糾正道。

「對，上海的春天。」小連和男孩媽都笑了起來。

笑聲似月光般，點亮了春天深處的人家。

輯三

驚悚懸疑

換臉

姚迪沒料到張力會成為他的情敵，因為他和張力是從小的光屁股朋友。

姚迪愛上小蝶，緣於張力的一次膽囊手術，當時，小蝶的父親與張力同住一個病房，姚迪是在看護張力時，在病房認識小蝶的。

姚迪第一眼看見小蝶長髮飄飄走進病房時，頓時聯想起他初一年級時的女班長，那個梳著長辮，皮膚白皙，說話臉紅的班長。姚迪少年時代的一個夢景，剎那間被定格。隨之，雙方就有了眼神的交流，有了初次的搭訕，儘管游絲般若離若即，但彼此卻莫名的生出了一份淡淡的牽掛。

直到若干年以後，當這個故事逐漸演化成悲劇時，姚迪說：「『纖指長髮，回眸一笑』那才叫美。」小蝶說：「『懸鼻長眼，輪廓分明』我喜歡。」審美上的千差萬別，冥冥之中的緣聚緣散，是誰也說不清的。但當時他們都忽略了另一個人的感受，那就是張力。

張力曾對姚迪坦言：「從第一眼看見小蝶，我就有了觸電的感覺，而且我相信小蝶也有這種感覺，是你橫插了一槓子。」

張力濃眉大眼，皮膚白皙，相貌遠勝於姚迪，但小蝶就是討厭他，說他娘娘腔，尤其是他的笑，淫蕩無比。這種感覺也只有小蝶獨有，但獨有的「感覺」卻成了他們之間不可逾越的溝壑。

為了小蝶，張力與姚迪翻了臉。但生活的運行有其自己的軌跡，姚迪與小蝶如同兩股融會在一起的清泉，大有抽刀斷水水更流的態勢，一鼓作氣流進了婚姻的池塘。

結婚在即，小蝶問姚迪：「請不請張力？」

姚迪猶豫不決地說：「請與不請都難。」

小蝶說：「還是請吧，按理該請。」

姚迪說：「就怕他有其他想法。」

小蝶一相情願地說：「多年的友情，不該這麼脆弱吧。」

姚迪模棱兩可地一笑。

誰料姚迪的邀請函剛寄出不久，張力就給小蝶去了電話，說：「你不該這麼絕情，不給我機會。」還說：「你只屬於我，我會證明給你看！」然後又打電話給姚迪說：「如果你一意孤行，你將為此付出代價！」

姚迪非常氣憤地說：「你不像個男人！」

然而誰都沒想到，當觥籌交錯的酒杯，伴隨著祝福送向新娘新郎的時候，張力則將一杯濃硫酸潑向了姚迪的臉，新婚宴席登時成了災難的深淵，小蝶的父親當場心肌梗塞而死，姚迪被送進了醫院，但毀容已經無法挽回。

按照柳城的法律，張力罪當極刑，但張力就是再死一次，姚迪扭曲的容貌，也無法面對社會、面對陽光。

小蝶的心被硬生生地剜走了，正當她萬念俱灰時，卻意外收到了張力的一封悔過信。他在信說，因他一時的衝動，釀成了悲劇的發生。他不僅傷害了姚迪，也傷害了她。為彌補這一切，他願意死後，獻出自己的臉，給姚迪做換臉手術。

小蝶讀罷，長歎了一聲，心道：「早知今日，何必當初呢。也罷，姚迪還要活下去，他不能沒有臉呀。」

姚迪也沒有反對，為了小蝶，為了能繼續面對生活，那怕是最醜陋的饋贈，他也必須接受。

手術很成功。

姚迪和小蝶等待這一天已經很久了。那天的天氣很好，陽光柔柔的，讓人心生暖意，姚迪臉上的紗布被緩緩扯了下來，當一張平滑完整的臉，展現在小蝶眼前時，小蝶禁不住緊緊抱住了他，把嘴唇壓上了他的額頭，他的眼睛。

久違的柔情，讓姚迪眼眶一濕，他淺淺地笑了一下，又笑了一下。

小蝶突然尖叫起來：「你是誰？你不是姚迪，你是張力！你的笑臉……淫蕩無比！」

翌日，小蝶收到了張力的又一封來信：

小蝶：

當你收到本信時，我們早已陰陽相隔，但我相信，我已得到了你。以死來換取對你的擁有，我值了。你可能還不知道，當今換臉手術存在四大難題，其中之一，就是供體原有的肌肉資訊和臉部表情無法被受體改變，所以，你將永遠面對我張力，包括我的笑容。當我們一起走到陽光底下，熟人見了會說：「那不是張力和小蝶嗎？他們怎麼成了一對？」

我真的很欣慰。

小蝶的臉煞白，她慢慢從椅子上滑了下去。

應急預案

劉經理衝進辦公室時，仍對著手機大喊：「你們都過來，死者家屬就要到了，啟動應急預案，一起過來與家屬談判。」

小吳一見這陣勢，知道又出事故了，他趕緊翻看值班記錄，哇，又是一起交通死亡事故，根據記錄：「公司車輛在路口轉彎時，被一輛直行小貨車撞擊，對方司機當場死亡。」

「別看了，把小會議室門打開，趕快準備一下。」劉經理顯得非常不滿。

小吳應聲而起，子彈般飛出辦公室。但劉經理還是搖了搖頭，嘀咕道：「整天只曉得上網聊天。」他的話音未落，就聽見樓下有大巴的剎車聲，緊接著，是哭天搶地的聲音，那尖利的聲音頓時把整幢樓的寧靜給撕裂了。

「怎麼讓他們鬧到辦公樓來？」劉經理的身子頓時躥起，他奪門而出，但為時已晚，一場艱難的談判開始了。

劉經理明白談判會很艱難，但沒料到會這麼難：「從事故分析看，我方吃主責，你方吃次責，直行車路口先行沒錯，但直行車當時離路口至少還有一百米，未能及時減速與事故發生有直接因果關係。當然，最終受害的是死者，所以不管責任如何認定，我們都會按最高標準賠付」劉經理一進一出，把意思表達得仁至義盡。

「不對，你想推卸責任。」一個男子這時跳出來，「事故責任你說了算嗎？」

劉經理回說：「當然以交警開具的事故責任認定為依據。」

男子頓時擺出居高臨下的姿態，說：「要責任認定書嗎，好，自己看吧。」他叭的一聲把〈責任認定書〉拍在桌上。

劉經理拿起一看，頓時傻眼了：責任認定居然變了公司全責。怎麼可能，前天剛到交警支隊去過，已基本明確主次責任的劃定。劉經理，瞅了男子一眼：「你跟家屬啥關係？能代表家屬說話嗎。」

「我跟家屬啥關係你無權知道，我能不能代表家屬講話問他們。」他回身指指啜泣著的妻兒老小。

「能！能！」家屬們隨即回應。

劉經理心裡咯棱了一下，暗忖：「碰到『車鬧專業戶』了，方方面面都搞定了，是有備而來呀。」劉經理掏出香煙，遞去一支，然後說：「看來你也是內行，不管是主責，還是全責，最終受害的都是死者，剛才我也表態了，我們都會按最高標準賠償。」

男子沒吱聲，他點上香煙，一副胸有成竹的樣子，然後扭身給家屬遞了個眼色。家屬們頓時嚎啕大哭起來：「我們不要賠償，只要人哎，賠我人哎！」

「你們的心情我能理解，但人死不能復生……」劉經理未及把話說完，死者的老娘突然起來抓住劉經理：「賠我兒子，賠我兒子！」劉經理頓時臉色青了，他對小吳使了個眼色，小吳馬上過來拉開老人。

劉經理即對男子說：「既然你能代表家屬，我們單獨談談？」

男子對家屬使了個眼色，哭喊聲頓時嘎然而止。

劉經理便把男子叫到辦公室，開門見山說：「說吧，有什麼要求？」

男子沒回答，似在掂量他的弦外之音。半晌，他開口說：「其他不談了，標準都是死的，關鍵是精神損失賠償不得低於十萬。」

「這不可能！」劉經理跳了起來，開口道：「你知道，我們這種單位，做事要講依據，你也給我混口飯，我清楚，你是車鬧，他們給錢，我也可以給你。」劉經理再次明確表示。

男子一聲冷笑說：「我們要講職業道德，不能通吃。」

「那只能走法律途徑了。」劉經理很無奈。

男子非常堅決地回說：「不可能，我們會一直鬧下去。」

劉經理頓時感到崩潰，碰到專業模子了，倒楣啊！他衝著部下喊：「你們都快想想辦法，怎麼對付他！」部下個個面面相覷，只有小吳不知天高地厚地說：「我來對付他！」

劉經理一臉不屑：「那車鬧可是個老江湖呀。」

小吳一笑說：「你給我一萬元費用，一週內搞定！」

劉經理大聲說：「好，那就看你啦。」

第二天，男子果然沒再出現。沒了主心骨的家屬，頓時亂了方寸，劉經理趕緊快刀斬亂麻，三天內把賠償協議給簽掉了。

劉經理事後大為驚訝地問：「你是怎麼搞定他的？」

小吳淡淡一笑說：「也沒啥，那個車鬧的兒子也是個網迷，我約他玩了一次失蹤的遊戲，如果能失蹤一週，他能得到五千元的獎勵。兒子失蹤了，老子哪能有心思戀戰？」

劉經理聽了愣愣的，心想：「應急備案不適用了，哎。」

筆殺

曹洪海只是個文弱書生，早年在師專讀過書，後來做過幾年教書先生，新政府成立後，他就當上了區長秘書。

前些年，曹洪海在曹家甸教書時，寡婦梅經常幫他洗洗涮涮，洗著洗著就幫他的身子一起洗上了。寡婦梅用溫水慢慢洗他的小弟弟，邊洗邊說：「這樣洗，夠了嗎？」

曹洪海就說：「哪夠呀，我要跳進你的池裡去洗個夠。」

寡婦梅就用粉拳不停地擂他：「讓你說！讓你說！」

那一刻，雨正淅淅瀝瀝地下著，曹洪海擁著寡婦梅說：「這樣多好，雨掉進泥裡就再也分不清彼此了。」

寡婦梅沒吱聲，只把光溜溜的身子使勁抱住曹洪海。

翌日，是個好天。曹洪海的唐哥來鎮上，順便就拐進了曹洪海家。進門，看見寡婦梅，眼睛頓時一亮。寡婦梅細皮白肉的，模樣可人。唐哥沒多問，他早就聽說各種傳言，只是從未見過罷了，今日一見，未免心動，心想：「這麼可人的一堆肉，真饞人呀，哪天也嚐嚐。」

臨近解放那陣子，曹洪海與地下黨接觸較多，經常不在家。

一日，唐哥轉到曹洪海家，從窗戶往裡看，意外瞅見寡婦梅正坐在一個木盆裡洗澡。雪白的身子，被水一淋，更是芙蓉出水一般。唐哥再也控制不住，一腳踢開房門，衝進去把寡婦梅抱到床上。那種瘋狂，那股狠勁，把寡婦梅搓揉得死活難擋。

寡婦梅喜歡曹洪海的溫文爾雅，也喜歡他唐哥的孔武有力。但紙終究包不住火。久了，曹洪海自然知道唐哥與寡婦梅的這檔事。曹洪海沒聲張，裝聾作啞，只當什麼事也沒發生。

那陣子，山上土匪活動猖獗，經常下山搶糧，甚至殺害政府工作人員。鎮上自然是有潛伏土匪的。裝成百姓，給山上土匪送情報，做接應。政府便號召群眾檢舉揭發。旋即，區政府就收到一封揭發唐哥的匿名信，揭發唐哥是潛伏土匪，與鎮上發生的多起搶糧、殺人有關。信中把時間、地點，接頭人等說得詳詳細細。當天下午，唐哥就被區政府派來的解放軍戰士給帶走了。

唐哥被帶走後，唐嫂的頂樑柱立馬蹋了，她心急火燎地跑來找曹洪海，讓他無論如何都要跟政府領導說說，證明一下，證明唐哥是清白的。他不可能是土匪呀！他只是偶爾有些吃喝嫖賭的惡習罷了。

曹洪海向唐嫂拍胸脯保證，一定把唐哥撈出來。

曹洪海就向辦案同志交出一把搶，說：「我唐嫂說，家裡儘管暗藏槍枝，但肯定不是唐哥自己的，也許是別人栽贓的。」

辦案同志說：「笑話，槍都交出來了，還說別人栽贓？不老實麼，把她叫來，問她到底咋回事？」

唐嫂去了。辦案同志就說：「你還想不想讓你男人活著走出去了？想的話，認真寫份揭發材料，首先要端正態度，認清形勢。」

唐嫂雲裡霧裡根本搞不清咋回事，就跑來讓曹洪海幫忙，她不識字呀。曹洪海一口應承下來，然後極認真的磨墨、潤筆。曹洪海寫完後，鄭重其事地交給唐嫂說：「千萬別給旁人看，直接交給辦案同志，否則我會很難。」唐嫂使勁點頭，感激的眼淚不停地在眼眶裡打轉。

唐嫂把曹洪海寫的東西交給辦案同志後，一塊石頭終於落下。她沒敢多言，只對辦案同志鞠了一躬，鞠完後，轉身就走。

翌日，唐哥被押送刑場，就地正法了。唐嫂當時就暈了，她不明白，已讓曹洪海代寫材料了，怎麼還槍斃？

然而她無論如何也沒想到，曹洪海給她寫得材料只有兩個字：「該殺！」

逃離水災

丈夫翻開報紙，半開玩笑地抱怨妻子：「看看，連續大暴雨，多個地區城鎮被巨大泥石流掩埋，洪水淹沒了多個城市。你是搞環保的，要多給政府提建議，要設法改善人類的生存環境呀。」

妻子看外星人似的盯了丈夫一眼說：「你不是地球人吧，誰不知環境惡化已嚴重威脅人類的生存，但為了GDP，有幾個人會重視環境保護，你以為我是女媧後裔，能補天？搞笑伐。」

丈夫笑道：「那你就當一回女媧後裔，到天上去討個說法。」

妻子罵了一聲：「神經病！」便翻身不再理他。

這天晚上，妻子夢見自己踩著飛毯真去了天庭。根據當今在世的最偉大的科學家「宇宙之王」霍金對宇宙的猜想，地球之外的生命形式與人類完全是兩碼事，比如土星和木星屬於充滿氫氣和氦氣的氣態行星，而氣態星球上有一種水母狀的巨型浮游生物，它們像吹脹的小型飛船，漂泊在氣體中央，以吸收閃電能量為生。

妻子邊飛邊想：「也許該找這些巨型浮游生物去討個說法。但在這些浮游生物眼裡，我是什麼？也許只是一粒灰塵，一粒灰塵怎麼與一個龐然大物對話？」這麼一想，妻子有些膽怯。那一刻，她非常清晰地看見了大片大片的積雨雲正在積聚，似有一隻無形的巨掌在撥弄著這些雲團。她暗忖：「積雨雲就是一種在強烈垂直對流過程中形成的雲，就是製造閃電的雲，那些大朵大朵的雲聚集一起，就像新鮮的蘑菇，而陽光，似黃燦燦蠔油，被淋在蘑菇的上面。看，就是他們！正在饕餮大餐呢。」

妻子突然明白，這是一場陰謀，這些浮游生物肯定是為了這些美食，製造了這些積雨雲，他們吃完了閃電，然後扔下無數的垃圾，也就是被人類稱之為「雨」的東西。但他們不能不顧人類的死活呀！妻子突然感到憤怒，一種從未有過的憤怒：「喂，給我停下！」妻子聲嘶力竭地喊道。但沒人理會她的喊叫，她突然想起，在太空該用太空語。她趕緊用太空語向他們喊話：「浮游生物大哥們，趕快給我停下，你們不能為了自己的美食，不顧人類的死活，我求你們了。你們是強者，但你們不能以強欺弱。」

太空突然變得格外寧靜。妻子沒想到自己的喊話居然被另一種生物聽懂了，竊喜之餘，她情不自禁又喊：「我們人類有個字叫『品』，就是品嚐，也就是說，好東西要慢慢品嚐，像你們這種吃法，既吃不出味來，又害了我們人類呀。」

「虛偽，你們人類太虛偽了。」

妻子聽了乍喜又驚，喜的是那些龐然大物居然聽懂了她的喊話，驚的是他們對人類如此反感。「大哥，你能把話說清楚嗎？我們人類虛偽在哪啦。」

「嘁，還用我說嗎？你們讓我們慢慢品，你們自己卻大吃大喝，吃出脂肪肝來還不甘休。為了短期利益，你們亂砍亂伐，造成山體滑坡、泥石流，卻怪在我們頭上；為了挖掘那些金礦、鐵礦，你們製造了多少污染，破壞了多少自然環境？我們製造的垃圾是雨，至少可以被循環利用，你們製造的垃圾呢，卻在不斷毀掉你們自己。你向我們討說法，我們還沒向你們討說法呢！」

「你們向我們討啥說法，我們是弱者呀。」妻子驚訝不已。

「當然要向你們討說法，你看看那些積雨雲，閃出來的電，全被你們人類污染了，裡面好像含有激素，吃得我們胃口特大。」

妻子聽了大驚，頓時被羞地無地自容。她找到一個地洞就往裡鑽，結果卻被丈夫喊醒：「你幹嘛呢？都鑽到我腳後跟了。」

妻子頓時醒來，愣了半晌，才講了剛才的夢。

丈夫問：「現在你該知道環保的重要性了。」

妻子還未徹底睡醒，但意識非常清醒，回說：「我知道，我們住在二樓太低了，明天換到十四樓去。」

「被」破案

李記為創作《線人》到固縣去找素材，據說固縣有個叫豆子的，以前是個混混，後來成了公安的線人。李記通過朋友介紹找到他，便駕車前去採訪。

車到固縣已晚，李記安頓好住處，便想買些禮品，以謝叨擾之累。找到一家超市，把車停好，李記下車推上購物小車，興沖沖鑽入貨架。等李記從超市出來，打開後箱蓋，準備放置禮品盒時，卻猛然發覺搭在手推車上的提包不見了。李記頓時驚出一身冷汗，提包裡不僅有錢、身分證、手機、銀行卡，還有車鑰匙，剛才下車時也一併放進了提包。

李記當下四顧，並未發覺可疑之人。於是返身跑回超市，找到門店經理。經理聽完李記的陳述，滿臉同情，甚至同仇敵愾地大罵小偷，然後說，超市小偷多如牛毛，除非當場被抓，否則很難破案。李記提出要調看監控錄影。經理說，非常抱歉，探頭前一陣子壞了，還未及修復。

李記無奈折返停車場，但車子卻不翼而飛。李記一迭聲地後悔，發現提包丟了，該先把車看住，然後馬上撥打一一〇，光顧著找提包，沒想到小偷膽子這麼大，乾脆把車也一起開走了。李記這才想起報警。

派出所所長倒是個熱情人，聽了李記的自我介紹，頓時拉李記到會議室去，沏茶聊天，不斷向李記打聽各種名人軼事。李記耐著性子講了所長感興趣的事，然後繞著圈子回到案子上。所長這才認真起來，詳細訊問了李記的車型、車號、失竊地點等，然後拍拍李記的肩說：「我馬上幫你打聽，如果運氣好，馬上就會有下落。」所長隨即拿起電話，打了一圈。突然很興奮地說：「車子找到了，在一個居民社區，正好被我的一個線人看見，有人黑燈瞎火地在撬車牌，便報了案。我們民警趕到時，車牌已撬走，小偷也已逃脫，但車子完好無損。」

李記大大鬆了口氣，覺得還是不幸中的萬幸。李記馬上握住所長的手再三道謝，並要求能否馬上把開回。

不急，所長有些歉意地說：「車停在那裡，再沒人敢偷。」至於拿車，所長輕咳了一聲呵呵一笑說：「有

個小小的請求，不知李記否有難處。」

李記馬上回道：「什麼事，請講。」

所長撓撓頭說：「李記是個名人，能否送面錦旗，然後我們一起合個影，我們派出所年終考核在即，這也

算一個政績，考評提撥也是個依據。」

李記一愣，但所長既然這麼說了，便滿口答應了下來。

之後幾天，都在折騰中渡過。

等忙完這些瑣事，李記才想起找「線人」，這種為完成某種特殊使命而必須分裂自我的角色，一直令李記

充滿好奇。待見到「線人」豆子時，李記卻沒了一點興奮。

豆子閃爍著狡黠的眼神，盯著李記說：「其實線人的許多故事都是編的，我們除了提供一些線索，有時也

會做點假，比如前些日子我偷了一輛白色『廣奔』，就是為了給長橋派出所作秀的。」

「什麼？白色『廣奔』？車牌號是××43258？」

豆子一愣說：「你這麼知道？」

這令李記始料未及，問：「還有提包呢？」

「真是個大記者呀，」豆子有些樂了，「什麼都知道。至於提包嘛，要過些日子了，等案子全部『告破』，提包自然就還給當事人了，反正『小偷』與當事人又不見面。」

李記的身子有些沉重，他突然想起網路流行的那句被動片語，也被「被」了一把。

可怕的全責事故

事故調查處理至尾聲，劉宗才知道自己落入了一個陷阱。

那天他本可以避免的，老闆地拜會一個朋友時，他一直就在車上，後來遇見一個同鄉妹問路，他稍微熱心了一下，下車給她做了一段路的嚮導，待他再次上車時，隱患已經埋下。

老闆上車後，劉宗便啟動車子，因為前面有輛車子緊挨著他的車子，他不得不往後倒一下，就在他往後倒車的一剎那，悲劇已經釀成：一個五歲孩童躲在他車後的死角嬉戲，被撞倒在地。隨著一片驚叫聲，他停下車子。他一下車就被三四個男子圍住，拳頭便雨點般落下來，他拚命喊叫：「先救孩子！」但沒人理他。

有個男子邊揍他邊凶巴巴地說：「你想私了還是公了？」

他說：「不管公了私了，都要先救救孩子吧？」

那男子說：「孩子你不用管，先掏錢！」

「要多少？」

「十萬元。」

圍觀的人漸漸多起來，不知誰撥打了一一〇。員警到場後，就由不得他們談斤論價了。孩子被送往醫院，他配合員警做事故調查。

調查結果很明確：孩子儘管躲在一個死角裡，是劉宗的後視鏡和反光鏡所無法看到的，但他倒車前理當先察看地形，如果他不離開車子，不下車去送那個同鄉妹，就會看見那個調皮的孩子。事故認定很明確：全責事故。他必須承擔孩子今後所發生的一切費用。賠錢他不擔心，反正由保險公司承擔，只是孩子怎麼樣了？他心裡隱隱有些忐忑不安，因為那些打他的人，聽口音都是他的同鄉。儘管他離開家鄉出門打工已三年有餘，但他還是希望家鄉人，出門在外一切都好。

然而，令他始料不及的是，孩子被送醫院後，終因傷勢過重搶救無效而死亡。孩子的家屬再次鬧來，孩子的母親更是哭得死去活來。老闆讓他躲避一下，這事讓他們來處理。但劉宗不想逃避，他想自己去面對。但就在他面對孩子母親的一剎那，他愣住了，孩子的母親也呆住了。

「秀珍！」劉宗沒料到孩子的母親居然是自己的前妻。那孩子……

劉宗與前妻離婚才三年，前妻是因為另有外遇才和他分手的，聽說她現在的老公專做「偏門生意」。一切的鬧劇戛然而止，前妻停止哭鬧，因為那孩子是劉宗自己的骨肉，只是當年與秀珍離婚時孩子只有兩歲，法院把孩子判給母親也符合情理。

「怎麼回事？孩子是不是我們的，你怎麼帶他來這裡？他怎麼會跑到我的車輪底下去？」

「這……」秀珍頓時軟了下來。

「難道？」劉宗心裡不由升起一種可怕的預感，他突然想起那個問路的同鄉妹，引他離車，然後讓孩子鑽到車底下去。太可怕了，他明白生活中充滿陷阱，但他沒料到揭開陷阱蓋子時卻以此殘酷的方式呈現。

「你說，你說呀！」

秀珍目光閃爍地說：「我說什麼呀，人是你壓的。」

「你！」劉宗憤怒地衝過去，卻被她現在的丈夫給攔住了：「好了好了，只是一場誤會，我們回家再說。」

劉宗知道秀珍現在的老公不地道，但他沒料到前妻會與他合夥專做交通事故詐騙勾當，並且用他的親生骨肉作誘餌。

「你這是犯罪！」他突然怒不可遏地對前妻大聲吼道。

秀珍一愣：「什麼犯罪？你壓死自己的孩子，你犯罪。」

「好，讓公安立案來調查此事。」劉宗此刻變得格外冷靜。

「不要……」秀珍無比淒涼道，「我們也是沒辦法呵，你是知道的，我們那個地方窮，死一個，能養活全家，值呀！」

「狗屁！」劉宗感到從未有過的悲憤。

驚險臥底

為配合全國醫藥衛生的整頓工作，檢察院反貪局安排鄭凡去醫藥行業執行一項特殊任務，並要求他在最短的時間內，根據群眾舉報，查找行業內暗拿回扣、受賄索賄案件的線索和證據。

反貪局另外還找了一個暗線與他接頭，那暗線叫方哥。藥圈裡的潛規則是「做熟不做生」，與陌生人打交道，這些人非常警惕。所以，方哥只能陪著鄭凡不斷請醫院的幾個實權人物吃飯，把鄭凡介紹給他們，但吃飯也充滿驚險。

那天吃飯，同桌有個姓李的主任不經意地問鄭凡：「大學剛畢業？」

鄭凡立即畢恭畢敬地說：「對，今後請老師多關照。」

那個主任接著說：「教藥理的那個程峰還在嗎？」

鄭凡聽了一驚，暗想：「這是試探我呢，還好自己已做了功課，否則非露餡不可。」鄭凡滿臉詫異地說：「教我們藥理的是王剛教授，沒有叫程峰的。」

主任即說：「噢，他現在該退休了，但我好像在哪裡見過你？眼熟得很。」

方哥被他提醒也覺得與李主任似曾相識，但他裝糊塗說：「不會吧，我不是本市的。」

李主任打量他一半晌，「噢」了一聲，然後話鋒陡轉，說：「其他廢話不說了，就說你能給幾點吧？」

方哥說：「給您，至少也得二十三點。」

那位主任頓時變臉說：「那就不用說了，羅群給我三十點我都沒同意，要不是朋友相托，我今天都不來了。」

方哥馬上唯唯諾諾道：「這個好說，來！先喝酒。」

鄭凡明白，所謂點數就是按藥品零售價的百分比給的回扣。這時，剛好鄭凡的手機響了，他打開手機信號又沒了，便擱在一邊。

那位李主任瞅了他一眼，若無其事地說：「新款手機？看看。」

鄭凡暗自又是嚇一跳，還好手機沒啥特別裝置，他是不放心呢，怕手機有錄音。

一次次吃飯、喝酒；一次次桑拿、唱歌；一次次送禮、送錢。在吃遍了本地所有最高檔的酒店賓館後，鄭凡才對這些「關鍵人物」的底細有所掌握。

但這天卻發生了一件意外事，那天鄭凡在對另一家醫院某個人物進行實質性的摸底時，突然遇見一個老熟人。

方哥與那「關鍵人物」正寒暄著，突然有人在鄭凡肩上重重地拍了一下，大聲說：「鄭檢，今天來這裡檢察什麼？」

鄭凡嚇了一跳，什麼「檢察」？他扭身一看，是他從小一起長大的「赤膊兄弟」小三子，他旋即冷靜下來回道：「是你啊，來這裡還能查什麼，近期煙酒過度，身體零配件不協調了唄。」

他一邊熱情地答應著，一邊把那位兄弟拉到一邊聊起來。

事後，醫院的那個「關鍵人物」突然問：「鄭檢，你上次說的那個點數沒變吧？」

鄭凡一愣，腦筋急轉彎道：「什麼鄭檢？不好意思，我叫鄭凡。」

「噢！」那人即說：「對不起，剛才聽你朋友這麼喊你，我還以為是我搞錯了。」

鄭凡說：「這樣啊，我小時候確實叫鄭減，加減法的減，後來老被同學嘲笑說，你『真減』了嗎？我看你沒做減法，你做得是加法，我心裡彆扭，就逼著父母把名改了。」

聽完，方哥大笑起來，那人也跟著笑，這才把這個故事給圓了過去。事後，方哥說：「當時，我心裡真捏了把汗，幸虧你反應快。」

按鄭凡提供的「黑名單」，反貪局順藤摸瓜，各個擊破，終於把活動在地下那個的骯髒交易網給挖了出來。李主任和其他那些相關人員都被「請」了進去。

這天，小三子突然來找鄭凡，說：「兄弟呀，你一定要幫他。」

鄭凡說：「說啥呀？」

小三子說：「別裝了，就是我舅，那個李主任，你忘了，小時候那個老是看書，老嫌我們煩的人？」

鄭凡一愣：「那個李主任就是你舅，怪不得眼熟。」他心裡暗想：「好險，還好沒被他認出來，否則就穿绷了。」但嘴上卻說：「一定，一定勸他盡早坦白。」

鬧鬼背後

下雨的一天，方局在走訪貧困村的回程途中突然發生了車禍，方局經送院搶救後，不治身亡。方局在外的形象一直不錯，在這個城市裡，他曾親自主持開發了許多頗有影響的市政工程，也叫形象工程。

但沒人知道，方局出事前的那晚，是在他二奶菲菲家渡過的，那天早上菲菲還送他到門口，菲菲看著細細密密的雨線，心裡有些擔心，說：「路上不好走，當心點呢。」

方局說：「沒事，我們有一大幫子人呢。」

菲菲看了一眼泛著水光的彩色石板路，還是頗為擔心地嘀咕了一句：「不能改天嗎？」

方局說：「下雨天去訪問，才更有新聞價值。」

然而世事難料，用死的代價來換取一個新聞，怎麼說都有些殘酷。

方局死後，菲菲便感到自己獨住的小洋樓有些陰森。她感覺小樓周圍經常會發出一些怪異的響聲，她甚至覺得方局沒死，所有關於他車禍而死的「傳言」，都是欺騙！也許，那是方局陰魂不散的原故？菲菲甚至給他燒了許多冥幣，但菲菲依然覺得房子周圍頗是異樣。

那晚下著雨，下著雨的時候菲菲總是等他，作為方局的「二奶」，她自然熟悉方局的一些個人隱私，比如他特別喜歡在下雨天做那事。但現在方局不會來了，永遠不會再來，但菲菲還是等他，莫明其妙地等他。屋內的燈很暗，泛著淡淡紅暈，還有舒緩的背景音樂，菲菲怔怔得看著窗外，突然一個黑影在她窗前一閃，她未及看清是什麼，緊接著又是一個黑影出現：一個無頭的黑影，鮮血淋漓，身材極像方局。菲菲大叫了一聲，便暈了過去。

一一〇接到報警後，很快趕到了現場。沒人相信鬼魂的存在，更多疑點集中到了「鬧鬼」的動機和目的？警方引發了許多聯想，比如：方局身前有什麼仇家？菲菲侵害了某人的利益？或者這房屋本身否有什麼秘密？……等等。

最後，警方設計了一個「引狼入室」的圈套，他們讓菲菲張貼賣房告示，然後離屋暫避，警方暗中蹲點。

這晚「惡狼」果真入甕，一個蒙面男子先在窗外打量了一會兒，見屋內確實沒人，便堂而皇之開門進屋，接著熟門熟路直奔客廳壁爐，拉開模擬爐臺，背後竟是一個暗隔。男子在隔層裡摸索了一陣子，居然拖出一個箱子。這時，客廳的吊燈亮了，幾支手槍同時對準了他。

假鬼被抓後，警方才知，該男子原來是方局的一個遠房侄子，據他交代，方局是搞城建的，不明來路的錢很多，他在以菲菲的名義買下這套洋房後，便想著如何藏錢的問題，存銀行顯然不行；洗錢出國，他還沒這個路子；於是才想到了砌暗隔藏錢的方法。為了萬無一失，他請來了搞裝修的遠房侄子，幫他設計了這麼一個連菲菲都不知道的暗隔，人們只知道他是個好官，沒人知道暗隔背後的他。最初，他還為這種設計還自鳴得意過，然而他忽略了人性中的一個共同弱點，慾望背後的貪婪，不僅他有，他的侄子也一樣有。所以，當他侄子得知他死後，便心生貪念，想出了這招「裝鬼嚇跑菲菲，然後取走暗隔中錢箱」的計謀。

警方從那個箱子裡搜出了好幾百萬元。

噴嚏效應

王峰這天起床時打了個噴嚏，這個噴嚏打得驚天動地。他老婆嚇了一跳說，「哎喲，你怎麼啦，房子都被震塌了」。

王峰僵在那裡沒吱聲。

老婆瞅了他一眼：「沒事吧？」

王峰緩了口氣說：「沒事，不知誰在惦記我了。」

老婆笑說：「肯定是你的老情人。」

王峰沒接話茬，臉色有些蒼白。

老婆說：「你怎麼啦？」

王峰說：「有些頭暈。」

老婆從床上一躍而起，說：「不會吧，像豆腐做的。」

王峰沒反應，身子慢慢往下滑去。

老婆頓時慌了手腳，迅速穿上衣服，送他去了醫院。

老婆給王峰掛了急診。那一刻，王峰的神色還可以，甚至有些潮紅。所以值班醫生接診後，便問：「哪裡不舒服？」

老婆就說：「早上起來打了個噴嚏，便覺得頭暈。」

醫生打斷說：「讓他自己說。」

王峰無奈地瞅了老婆一眼：「她說的沒錯，就是有點頭暈。」

醫生有些不耐煩了，醫生讓他量了個體溫，結果體溫很正常。醫生更不耐煩了，暗自嘀咕了句：「一點小感冒，就大驚小怪。」

這時正好有其他病人來看急診，醫生便抽身走了。

醫生走後，王峰的臉色漸漸難看起來，老婆陪著王峰不敢離開。王峰說：「既然沒事，我們走吧。」老婆說：「看看再說吧。」

王峰沒吱聲，臉上開始直冒冷汗，然後就暈了過去。

老婆見了尖叫起來：「醫生，醫生！」

王峰很快被送進了急診室，老婆急得六神無主，趕緊給兒子打電話。待兒子趕到醫院時，王峰已因腦溢血不治身亡。

好端端一個人，說走就走了，兒子難以接受。待他知道父親送來後，醫生將父親診斷為感冒，晾了很長時間，以致耽誤了搶救時間時，頓時怒火萬丈，他衝進醫生值班室，對準那個醫生就是一拳。之後，他又大鬧院長室，定要醫院給個說法。

這一鬧結果把報紙的記者給鬧來了，當天的晚報赫然刊登了這樣一條報導：「草菅人命，錯把腦溢血當感冒；一命嗚呼，家屬向醫院討說法。」

在輿論的壓力下，醫院不得不讓醫生停職檢查。

其實醫院每天會死人，醫生處置不當或不及時也是常事，但一個噴嚏打死人的，卻是偶然事件。但新聞的價值就在於捕捉這種偶然中的必然結果，捕捉這種少見中的多怪。於是報紙電臺的記者都來了，為了進行後續報導，記者像蜜蜂一般追逐著花蕊。

終於，醫生忍無可忍跳樓自殺了。

於是醫生家屬也吵到醫院：「醫生是否有責，本應通過醫學鑒定，在鑒定結果尚未出來之前，醫院和輿論同時給他施加壓力，並將他逼上絕路，這是一種犯罪，應承擔法律責任。」

王峰的家屬更不買帳：「醫生畏罪自殺，說明他對王峰的死負有不可推卸的責任。」

報紙對醫院的管理提出質疑。

報紙對醫院在處置醫療糾紛的能力提出質疑。

有部分醫生以集體靜坐的方式表示抗議，說醫生也是人，不是神，社會輿論一面倒，要求醫生萬無一失，試問以後誰還願意當醫生？

那些日子，這個城市剛好在開人代會，代表們對解決醫患矛盾提出了各自看法，認為必須立法，必須建立緩解醫患糾紛的綠色通道。

網路的聲音更是鋪天蓋地，對醫生靜坐一事提出質疑，支持和反對的聲音彼此殺伐，矛盾不斷升級。

那一刻，一位撰寫博士論文的博士生，卻從中獲得啟發，把王峰的噴嚏稱之為「噴嚏效應」。

而那天看管停屍房的老張，居然撤離崗位去看醫生們靜坐，結果冷藏室跳閘，不再製冷。

王峰冰凍後，大腦停止出血。解凍後，他突然打了個噴嚏，漸漸有了知覺。

然後，他爬出寂寞的冷藏室，獨自離開了人性的荒涼。

觸摸

李斌最近不知咋了，碰啥都帶電，有時無意間碰到小莉的手，會怦一下彈開，旋即是小莉的一聲尖叫：「你電到我了！」

「這是靜電，別大驚小怪的。」李斌嘟囔道。

小莉便像看外星人似的盯著他：「怎麼會呢，你的手怎麼會帶電？」

李斌一副疲倦的神態說：「太累，那個《方案》做不出來，就會被領導抽陀螺似的抽著。」

小莉便有些心疼，就說：「那你不如出去散散心，別再加班了，去旅遊吧。」

李斌真就去旅遊了，一個人去，留下小莉幫他斷續完成《方案》。也沒事先約定和打算，他隨隨便便就來到龍遊石窟，也許是出於好奇，也許只是天意。

進入石窟，李斌一路聽著導遊的講解，伴隨著種種疑問，便來到二號洞壁石刻處，看著閃電狀石刻線條，陷入思索：這些閃電代表著什麼呢？他下意識用手觸摸了一下，頓感一陣猛烈的電擊，頃刻就失去了知覺。

醒來時，他突然感覺周圍的一切都變了，他躺在一個山坡上，有人蹲在他的旁邊，用好奇的目光看他。

「小莉！我怎麼會在這裡？」

那個女孩突然臉紅了，她輕聲嘀咕道：「叫誰呢，我不叫小莉。」

李斌愣了一下，說：「你怎麼穿起古裝來了，拍電影呢？」

女孩站起來，淺淺一笑說：「你不是本地人吧。」

這時李斌完全清醒了，他也跟著站起來，打量四周，見附近多個地方在掏挖什麼。

「他們幹嘛呢？」他問。

女孩淺笑，笑得非常好看，是小莉版的經典笑容，玫瑰帶雨，溫婉可人。

「買紅砂岩的。」女孩回答，「也不知道他們從啥地方來，乘著幾隻大轉盤，說要買我們的紅砂岩石。開始我們的族長不同意，但那些人說，我們這裡馬上就要發生一場水災，我們的房屋將被衝垮。屆時，他們拿走石頭所開鑿的石窟，就可成為我們的臨時居住地。另外，作為交換，他們還會留下食品，幫我們渡過災難，大水退去後，這些石窟還可用作糧倉。族長見那些外來異人並無惡意，就跟族中成員商量，反正這些石頭也沒啥用場，換來糧食終歸是好的，即便沒水災，手中有糧，心中不慌麼。」

那一刻，李斌突然一驚：「這是啥年代，難道我跌入了蟲洞？穿越了時空？」他記得曾在一篇文中讀到過關於蟲洞的解釋，說蟲洞是溝通宇宙之間的時空隧道。但他不明白，小莉怎麼也會來到這裡，她不是在上班？

女孩被他看得不好意思起來，就說：「你們外鄉人都這麼看人的嗎？」

李斌突然失笑，說：「你就裝吧，跑來這裡也不跟我說一聲。」邊說邊去敲她的頭。

女孩頓時把臉脹得通紅，她輕輕推了他一下，說：「你壞！」然後兔子似的逃開了。

李斌頓時有些迷茫，他不經意走到那些鑿開的石窟前，那些外星人跟自己長得沒啥兩樣，他們戴著頂燈，乘坐旋轉雲梯正從狹小的洞口下去，只聽底下轟隆隆的響聲，大塊石頭便被源源不斷運上來。他現在不需要再去猜想那些石窟的謎團了。

「有如此先進的生產工藝，開掘類似的石窟應該不成問題，關鍵是他們從石材的採掘到石窟的後期應用都作了如此周密的設計，倒是值得我們借鑒。看來我的《方案》，也該納入環保的構想。」

坐在石窟邊上，他觸摸著歷史和曾經發生過的一切。天天漸漸就黑了。李斌感到了涼意，暗想，晚上怕是要下雨，不如到洞下去躲躲。

洞底有照明，那些串連在石壁上的發光體，類似於螢光燈，看上去很亮。李斌沿著光亮來到一個角落，他突然看見小莉跟一個男子坐在一起，男子握著小莉的手，而小莉則歪過頭，親密地靠在他的肩上。

李斌頓時咯楞了一下，隨之一陣隱隱地心疼。「小莉！」他脫口叫起來，「你怎麼跑到這裡來了，我找你半天。」

女孩一愣，她扭過臉看旁邊的男子。李斌這時才注意到，小莉身邊的男子居然跟他長得一模一樣。

「你是誰？」李斌大聲問，他沒想到自己會這麼生氣。兩年了，天天與小莉粘一起，一直沒啥感覺，然而面對眼前的情景，他突然意識到自己其實很在乎她。他衝了過去，卻被那個男子推了一下。「你誰啊，你認錯人啦，她是謝冰！」

李斌一個踉蹌，馬上用手扶住石壁。然而他的手再次觸摸到了閃電的石刻線條。瞬間，他再次失去知覺。醒來時，他被許多人簇擁著，他聽見有人在問，怎麼啦，怎麼啦？

李斌沒回答，他推開圍觀的人群說：「讓開，我要找小莉！」

真相

「你看！」阿丙叫道，「這段『碰瓷』視屏太有趣了。」

我當時正忙，沒理他。他見我沒反應，過來一把拽過我手，硬把我拉到電腦跟前，說：「你看那個女的太搞笑了。」

上網也許是我與這個世界建立關係的唯一手段，但網上的東西真假難辨，根本無法填補我與這個世界的陌生。然而視屏畫面卻在不斷播放：夜晚的馬路，燈光昏暗，一個婦女騎著一輛三輪車，突然與擦肩而過的一輛助動車碰撞，助動車在這次碰撞中明顯不佔優勢，失去重心倒地，那個騎車男人瞬間被摔在道路帶離欄旁。婦女回頭看見摔倒的男人，趕緊跳下車來。本以為她會衝過去扶起男子，不料，走到馬路中央，她突然猶豫了一下，旋即躺倒在地，一派肇事受傷的樣子。更讓人意想不到的是，恰好這時開來一輛公車，黑燈瞎火的根本沒看見馬路中央躺著的女人，活生生碾壓了過去。

「哈哈，弄假成真了！」阿丙大笑。

我沒想到阿丙居然會笑，如果該事件屬實，那委實是件可悲的事，如果是假，那生活就像一個會說謊的孩子，讓我無法相信。

「怎麼啦？」阿丙問，「你沒覺得這段視屏很有意思？這是對『碰瓷』專業戶的一次警告，什麼叫玩火自焚？這就是！」

我沒接話，我知道阿丙對生活充滿敵意。前幾天他親身遭遇了一次碰瓷，被人敲掉一筆錢，據說那個人碰了他的車，做得很逼真，左腿經X光檢查診斷為骨折。

但阿丙卻說：「那是陳舊性骨折，他拿這個骨折敲了好幾個有車族的竹槓了。」

「要擊穿生活的謊言，你就必須拿出證據。即便是『碰瓷』者可惡，我們也只能祈禱生活中少點類似的悲劇發生。」我邊說邊把視屏進行重播，看後我突然覺得這段馬路有點眼熟。

當我說出自己的疑問時，阿丙的表情有點詭異。「是嗎？」他說，「馬路都一樣，看著都眼熟。」

「不對，」我說，「看看今天的社會新聞，看看有沒有相關報導？」我突然來了興趣，坐下來在網上找了一通。沒看見。又去翻看那段視屏的點擊量和留言。哇！一小時內，點擊量過萬，各種評論都有，但幸災樂禍的居多，輿論似乎都指責「碰瓷女」。

但我認為，視屏中這個女人不是故意要「碰瓷」，她是看見男子摔倒，怕承擔責任，結果卻被自己給謀殺了。那個司機最無辜。我說。

阿丙瞅我一眼說：「這跟司機有啥關係，女人躺在地上形成死角，司機根本看不見。」

我說：「你傻呀，司機無責更倒楣，吃點小責才能進保險理賠，但吃了責任司機的安全獎就敲掉了。」

「這太不公平了吧。」阿丙說，「那個『碰瓷』活該呀。」

「再活該也是一條生命吧。」我說，「不對呀，媒體怎會不做反應呢？」

「現在是晚上，明天可能就有報導了。」阿丙說。

「對噢，」我說，「該給《新民晚報》報料，報料是有獎勵的。」

阿丙嗤笑了一聲，說：「這點獎勵你也在乎？」

我說：「不是我在乎這點獎勵，而是想通過媒體來核實這件事情的真偽。」

「媒體就沒假了？」阿丙說，「媒體也經常搞假新聞的。」

我沒理會阿丙的反駁，主要是我想弄清楚，這件事情背後的故事。為了與生活的達成妥協，我們常常就是通過這種溝通來消除彼此誤解的。我不想老跟這個世界產生隔閡。

然後我就掏出手機給《新民晚報》爆料，對方很客氣，說只要事件屬實，他們一定給予獎勵。

我說我不是為了獎勵，我想弄清事件的真相。

然後我就回到電腦跟前，繼續關注著事態的發展。

晚上我作了個夢，夢見有隻手從電腦的那段伸來，跟我握了一下。然後天就亮了。

這時，我聽見有人敲門。

我睡眼惺忪地去開門，只見門外站著兩名員警。

我開門，員警進來問：「這屋就住你一個人嗎？」

我說：「還有我弟，阿丙。」

「好，」員警說，「昨天有段虛假視屏，從你們的這裡發出去，誰發的？」

我一時蒙了：「什麼視屏？」我扭頭看阿丙。

阿丙迅速閃開我的目光，低聲說：「你們搞錯了吧，我們沒發過任何視屏。」

員警表情頓時嚴肅起來，說：「雁過留聲，你的ＩＰ地址出賣了你！」

請出「東邪、西毒」來

夏明剛當上副局，就在菩薩面前叩拜：「菩薩啊，有人給我相面，說我三年之內將連升三級，請菩薩保佑，順了我的願吧。」但夏明心裡清楚，局裡有三個副局，按論資排輩，別說三年，即便四年、五年也輪不到他呀。

夏明有個赤膊兄弟這時就給他出了個主意，說：「在土地局當官的，有幾個兩袖清風的？各個擊破呀。」

夏明瞪他一眼說：「我又不是紀委的，既不能查他們，也不能審他們，即便我有這個權利，現在當官的，哪個不是人精，有幾個會你讓輕易查到問題。」

那人就說：「明查自然不行，暗查就不好說了。」

夏明淺笑：「怎麼暗查？」

那人說：「請出『東邪、西毒』來，讓他們幫著查，一定能夠事半功倍。」

夏明聽了眼睛一亮，旋即閃過一絲契合的柔光，說：「你想做的事，跟我沒關係，不用跟我商量。」

那人一笑說：「古往今來，俠客只能流傳民間，哈哈哈。」

「東邪、西毒」是他們這個城市的兩個盜客，專做入室盜竊之事，但兩人風格完全不同，「東邪」盜了錢財之後，常常模仿古代俠客，會把大部分錢財施捨給窮人，或是捐給慈善機構；而「西毒」偷了錢財，則全部佔為已有。

讓小偷出馬，委實是個毒招，現在當官者，但凡受賄，有誰會把錢堂而皇之放到銀行去，錢沒洗乾淨之前，一準會藏在某個隱蔽之處？而「東邪、西毒」據說都是撬門高手，無論你的防盜門多麼堅固，他們都能輕而易舉打開，無論你把錢藏得多隱蔽，他們都能狗一般嗅到、找到。當然，「東邪、西毒」無需兩人同時出馬，有一人出山，足亦！

夏明說：「我想請『東邪』出馬。」

那人說：「『東邪』常以俠客自居，自稱「劫富濟貧，抑強扶弱」是他偷盜的宗旨，如果純粹是為了把貪官拉下馬來，他會非常高興接受邀請，並把此舉看成是一種義舉，請他出馬，容易掌控大局。」

夏明聽了未置可否，只是語焉不詳的一笑。

之後的一天，夏明那個赤膊兄弟特別興奮地跑來告訴他：「聽說了嗎，李副局出事了，你知道『東邪』是在什麼地方發現他的驚天秘密的？」不等夏明回答，那人就說：「是在衛生間！李副局做得還真隱蔽，他把錢藏在十個礦泉水紙箱裡，然後用膠帶密封，紙箱裡裝的全是百元大鈔，總計一千多萬呢。」

又過了一些日子，紀委人員獲得一條重要資訊：「說土地局王副局長家裡有一個煤氣罐，請人精心製作過，是專門用來窩藏贓款的。」

這樣不到兩年時間，夏明前後扳倒了三副一正，自己當上了局長。

赤膊兄弟為他慶賀，說：「接下來，你該直奔副市長的位置了。」

夏明笑說：「別作夢了，想這個位置的人太多，哪輪到我呀。」

那人就說：「事在人為嘛，官場就像鋼琴演奏，要講彈奏技巧，要彈出《高山流水》，就必須把握好高山流水的節奏，這個節奏就是時機。」

夏明笑說：「給我上課呀，乾脆你來當這個局長算了。」

「哈哈，」那人笑說，「江湖人只說江湖事，偷雞摸狗屬於江湖，我只會做江湖事」

然而沒過多久，夏明突然被「雙規」了。

紀委的人對夏明說：「有人舉報，你用他人之名多處租房，然後用來窩藏贓款，這種分散藏匿贓款的方式委實高明，但法網恢恢疏而不漏。」

「誰在誣陷我！」夏明頓時跳起來，矢口否認。

辦案人員說：「你不用否認，我們根據舉報信上的地址，已經查到贓款，但是錢被挪動過，原先用塑膠袋紮成一捆一捆的錢，好像少了一半，我們希望你能說出另一半贓款的去向。」

夏明聽了一愣，但旋即明白，他的政敵也請出了高手。他想：「哎，出手不凡呀，藏匿如此隱秘，還是被他找到了。」

「請你想好了再回答！」辦案人員非常嚴肅地說，「這是你唯一機會了。」

夏明抬頭睃他一眼，不容置疑地說：「肯定是『西毒』所為，只有他會見錢眼開。」

處處是毒

牛仁是做蜜餞生意的，從加工到出售全部自己搞定。

「真累！」這天他由衷地感歎。

老婆關心地問：「累了，我幫你敲敲。」老婆一邊給他敲背，一邊問他：「剛才聽你打電話，貨源出問題了？」

牛仁說：「沒啥，都處理完了，我讓他們用防腐劑浸泡一下，然後多用點添加劑上上色，試下來不錯，他們說口感蠻好。」

老婆笑問：「這東西還能吃嗎？」

牛仁說：「能不能吃我不知道，吃不死就行，反正我不吃。」

老婆說：「我也不吃。說完便兀自笑起來。」

牛仁受到感染，也跟著笑，笑得很壞，很邪。

老婆這時接到電話，是朋友打來的，讓他們一起去吃飯。

牛仁心情很好，就說：「行啊，去哪吃呢。」

電話那頭的朋友就說：「部落情。」

牛仁想了想，感覺還行吧，就說：「是家火鍋店，碰不到地溝油。」

然後他們就去部落情。朋友見面後就說：「今天我還給你帶來一位博士，學化學專業的。」

牛仁盯他一眼：「是嗎？有博士陪著，踏實！」

朋友笑問：「為啥？」

牛仁說：「他能辨別有毒食品呀。」

博士聽了大笑：「沒有試劑，我咋能吃出什麼東西有毒。牛大哥你太有才，太有想像力了。」

這時服務生端茶上來。牛仁見了就說：「別，這茶葉農殘超標吧？」

服務生一臉迷惑，說：「這是新茶，免費供應。」

牛仁說：「去地獄都是零首付，免費送死，都是這個規矩，我懂。」

朋友聽了笑說：「大白菜還用甲醛保鮮呢。」

牛仁說：「那我們不點。」

朋友說：「蝦仁用人尿浸泡你沒聽說？」

牛仁說：「那我們也不點。」

朋友又說：「火鍋底料說不定使用了石蠟凝固劑呢。」

「不會吧，」牛仁跳起來，「那我們還是挪地。」

朋友一把按住他，說：「別激動，我與這家火鍋店老闆熟，他們店的東西絕對正宗，至少給我們的東西絕對不摻假。」

「是嗎？」牛仁半信半疑地看了朋友一眼說，「我好日子還沒過夠呢，你別害我。」

朋友說：「我不但不害你，今天給你帶來的博士，絕對會給你帶來商機。」

「是嗎？」牛仁睜大眼睛問，「有什麼商機，說來聽聽。」

博士笑說：「目前的食品處處是毒，但在我看來那些毒就是一百一十八種化學元素，人體說白了就是一家大型化工廠，不管是啥毒品，只要通過正確的化學反應，都能實現酸鹼平衡，從而達到解毒的功效，所以我想跟牛老闆合作，開發一種新的食品平衡劑，這種產品一旦推出，市場前景一定看好。」

「太匪夷所思了吧。」牛仁聽了一愣一愣的，說：「可能嗎？誰會信呀？」

博士說：「這個牛老闆不用擔心，市場一定會接受。牛老闆聽說過『斯德哥爾摩綜合症』吧，這個觀點的核心思想就是：『既然不能避免強姦，為什麼不享受強姦？』市場也一樣，當有毒食品四處氾濫時，人們無法躲避，那就乾脆享受這些食品，然後再予平衡解毒，這個過程同樣適用「斯德哥爾摩綜合症」。」

「噢。」牛仁呆了半晌，眼睛漸漸由暗轉亮，最後，他說了句：「行吧！」

與博士合作生產的「牛人牌解毒劑」推向市場後果然一鳴驚人，銷路出奇的好。因為這種解毒劑的使用很方便，不管你吃啥東西，吃完了，你只要撕下一小片試紙，往舌苔上一方，然後根據化驗結果，確定服用幾號解毒劑。

「吃完解毒劑，啥事都沒有！」牛仁就用這句廣告詞叫響了大江南北。

牛仁現在吃東西不再膽戰心驚，不再懼怕「東鞋西毒，南醛北腿」，該吃啥吃啥。這天，朋友再次約他出來吃飯，他與老婆欣然赴約。

小菜慢慢吃著，小酒淺淺喝著。但吃著吃，他突然就不省人事了，當然不省人事的不止他一個，而是一桌的人。

飯店老闆馬上將他們送進醫院，出人意料的是，醫院的診斷居然是「食物中毒」。毒性直接侵害了他們的大腦，用戰爭俗語講，就是直接摧毀了他們的指揮中心，於是機體全面癱瘓，他們沒來得及測試舌苔，沒來得及服用解毒劑，毒性已經發作。當然，如果當時博士在他們身邊，並且沒吃這些有毒食品，也許還能及時發現危機降臨，能夠施以援手。然而毒食品，與他們打了個擦邊球。

聽畫

汪華沒想到科長會讓他去「暗訪」陳力。

反貪科近期是收到過幾封關於陳力受賄的匿名舉報信，並說他的家裡設有暗格。但陳力是汪華的大學同學，關係一向不錯，從工作角度講，理應回避。但科長說：「來信是匿名的，當不得真，讓你去，只是給他吹吹風，無非是『打草驚蛇』，暗中偵察。」汪華說：「你在考驗我。」科長一笑說：「是自我考驗。」

汪華沒再說什麼，但他不相信陳力會犯事，陳力是個淡泊之人，雅得很，儘管錢是個好東西，權又是錢的祖宗，但陳力的寧靜足以抵擋各種誘惑。

陳力的家很簡單，他待友的方式也很簡單。

「沏杯茶吧？」陳力說。

汪華說：「隨你。」

陳力就沏茶，自然是功夫茶。燙杯，斟茶，潑掉，再斟上，然後慢慢地品。

汪華說「最近忙啥？」

陳力說：「不忙，聽畫。」

汪華一愣，聽畫？他第一次聽到如此空靈的表達。這時，他才看見掛在陳力頭項的一幅油畫。那是一片白樺林，樹底下的小路寧靜而寂寞，大片的落葉閃動著夢一般的金黃，傍晚的木柵欄蜿蜒著深深的慵懶。

但汪華這時突然聽到了一陣馬蹄聲，那聲音穿過俄羅斯廣袤的白樺林，帶著青春的氣息，呼嘯而過。汪華不由地說：「我聽到了保爾那充滿激情的呼喊。」

陳力說：「我聽到了白樺林邊那堆篝火發出的嗶卟聲。」

「還有那蒼涼的歌聲。」汪華垂下眼簾，細細地呷著茶，沉浸在一種悠遠的意境裡。

「我聽見了金子般的太陽落在白樺樹上的響聲，嘩啦啦。」汪華又說。

「還有落滿樹葉的小路，被戀人踩出來的那種繾綣。」陳力接道。

「風，小心翼翼地漫步，怕弄出響聲，破壞這份寧靜。」汪華接據說，但他的手機響了，是老婆發來的短信：「準備買入中金嶺南，據說要漲到六十元，現在才三十二元。」

汪華蹙眉回道：「別煩我，我在聽畫呢！」

汪華放下手機，想重新調整好自己的心態，短信又來了：「莫名其妙。女兒馬上要中考了，你管不管呀？」

汪華發回道：「你煩不煩啊，我難得聽一次畫，你自己看著辦吧。」

老婆即刻回來一條短信：「神經病！」

「唉，在這個紛擾的世界裡，聽畫真的有點神經病。」汪華不由地說。

陳力笑了，笑得很無奈，說：「那就不聽了，喝茶吧。」

汪華說：「我俗人一個，整天俗事纏身，難得受你薰陶，卻染不了一點墨香，靜不下心。」

陳力說：「一樣一樣，只是被俗事纏累了，才逃到畫裡來感受一下空靈。」

汪華暗想：「如此雅士，怎麼可能受賄，離譜了吧，真的假不了，假的真不了。」便笑說：「不容易呀。」

陳力說：「彼此彼此啦。」

汪華剛想再次表示他的由衷感慨，突然一聲巨響，陳力身後的畫「哐」地掉了下來。

汪華和陳力都嚇了一跳，汪華脫口而出：「又是假冒偽劣商品！」話音剛落，卻看見了畫後的暗格，裡面平放著一隻保險箱。

陳力的臉色頓時變了。

汪華呆了好久，他隱約聽到了油畫背後的一聲歎息，一聲來自人性深處的歎息，那歎息充滿了寧靜與喧囂的掙扎。

膏藥王

清末年間，江西一帶來了一位藥生，姓王，專以膏藥貼敷治病。不論內、外、婦、兒，還是五官雜科，一律以膏藥外治，兼以針刺導引，療效甚好，深受病人的歡迎，人稱「膏藥王」。

膏藥王診病從不辨脈視苔，只憑觀面察色，以先天八卦，斷其五行變化，生剋轉換。然後按其相應的經絡走向予以外貼膏藥。因其簡便、價兼有效，極為百姓推崇。方圓一二百里的病人，慕名求治者川流不息。

膏藥王仁愛不驕，每與貧賤廝養治病必盡其力。而療貴人，則需視其清濁而定奪。從不曲意而治。

是年，江西一帶水災連連，瘟疫四起，膏藥王每天須接納數百病人。一日，從同一地域來了數十病者，患同一種症狀相同的病，均是高熱不退，全身劇痛，局部皮膚潰瘍。

為膏醫王所從未見過。遂試治，卻屢試不爽。膏醫王極為煩躁，是日秉燭研究至深夜，方試成一方。翌日仍以針刺導引，又以新配膏方貼之。果效。如此連治三天，病者痊癒而歸。但膏醫王卻面色蒼白，步履踉蹌，其子甚疑。

是夜，其子偷窺。只見其父祭罷祖師，便凝神端坐，似在調整氣息。片刻後，他把新配膏方攤於案几，然後，他居然破指將血滴人藥中。

其子大驚，破門而入，顫聲叫道：「父親！」

膏藥王不慌不忙，滴完規定的數量後，坦然道：「藥者，需把心血傾注其中，與病人一脈相通，方能治好各種疑難雜症。這是我的新配膏方，專治惡疾。」

其子又叫了一聲：「父親！」便無語哽咽。

這日，來了一位貴人，為鄰縣的縣令，也患了類似的怪病。延藥數人，不但不見好轉，反見加重，以致昏厥不醒，故慕名而來。

膏藥王久聞其惡名，此人為官數年，從未幹過一件好事，且與地方土豪相勾結，藏垢納污，欺壓百姓，為當地百姓所痛恨。膏藥王心惡之，卻不能不盡藥道。他坐視片刻後，對其子道：「你父已病人膏肓，非一般膏方所能治，須用我新配的膏方。但我的新配膏方有一局限，只與正義之士相通，餘則無效。要想你父病癒，還須遵我二囑，方能見效。否則必歸黃泉。」

其子連聲承諾：「聽您吩咐，我一定盡力而為。」

膏藥王道：「我囑其實不難。其一，近年地方連遭水災，百姓困苦異常，望能即刻賑糧救災。以解百姓水深火熱之苦。其二，能從此為官清廉，為民辦事。否則必將舊病復發，前功盡棄。」

其子連稱必盡其意。

膏藥王遂如法炮製，縣令數日後果愈。

然而，縣令回去後仍不從善，依然我行我素。數周後舊病復發，不治而亡。其子大怒，即派人暗殺膏藥王。

是夜，膏藥王還在配製他的新膏方，背後突遭暗襲，刀起頭落。但在此瞬間，無首之軀卻猛然挺起前傾，迅速將如注之血射人膏藥內。然後噗咚倒地。

新配的膏藥在救活了最後一批病人後，便從此絕跡。但膏藥王則名播遐邇。

遊醫

民國二十七年，凌橋鎮上來了一位遊醫。遊醫長得不像個醫生，黧黑矬實，沒有那種斯斯文文的樣，操一口北方口音，看上去實在，給人一種安全感。

遊醫看病不用藥，全憑他一雙厚實的手，把脈看舌苔。然後用他那雙神奇的手沿著背部的脊椎，從頸至尾，一節節摸下來，遇有異常，便停頓片刻，並反反覆覆用他的食指和中指，夾緊脊椎兩側上下滑動。每每這時，他凝神閉氣，如人無人之境。兩指微微顫動，似在與病灶對話。檢查完畢，他便溫和地拍拍病人的肩，說出你的病情病由。

然而，不管你的病情如何變化，萬變不離其宗。經他口說出的，都是同一種病由：「你的脊樑不直。」你胃疼、你膽囊炎、你高血壓，甚至遺尿、陽萎，他都用同一種理論來解釋。你信不？不信，你可以當場一試。有效付錢，無效分文不取。於是，你被他的誠意感染了，你欣然接受了他的治療。他便放平你的身子，一路纏、滾、揉、摩、擦、推、搓、抹、抖、握，令你一陣酸，一陣麻，一陣涼，一陣熱。或補或瀉，把你的七經八脈一一打通。你陶然，你舒坦，你騰雲駕霧，你飄飄欲仙。最後一招，他讓你坐直身子，或壓低你的頸，或壓彎你的腰，他一手扣住你的椎骨，一手輕旋你的頭或整個身子。一按，一旋，一提，只聽「咔」的一聲，一氣呵成，一步到位。「唰」地一下，一股血氣在你周身蕩漾。這時，他的一雙神奇的手，就拿捏在你的雙肩，一緊一鬆，令你無比輕鬆。然後，他輕喝一聲：「好哩！」你感覺你自己簡直是換了一個人。一股感激之情油然而升。

一個抬著來的病人，經他一套程序下來，妙手回春，居然能站著回去了，令旁人讚歎不已。

一個結婚數年不育的病人，經他一拿一捏整，不消十分鐘，竟急猴猴嚷道，有了男人的感覺，要馬上回去。翌年，他們夫妻雙雙抱著剛生下的胖兒子，來叩謝這位妙手神醫了。於是，這位不知來自何方的遊醫名聲大振。方圓數十里，無人不知。求他治病者，絡繹不絕。

一晃到了民國三十年。這天，鎮上來了一批日本兵，為首的叫伊藤。到鎮不久，他聽說此地有這樣一位能糾正人的脊樑，恢復男人感覺的神醫。即派人將其招來。聲稱：「要壯壯大日本的陽氣，整整大和民族的脊樑。」

遊醫無法推託，遊醫黧黑的臉便有些陰沉。遊醫站在伊藤面前不卑不亢，他讓伊藤躺下，便開始行施他的醫術。他用一指禪纏繞開去，伊藤「唷嘻，唷嘻」直喊，忽而齜牙咧嘴，忽而無比陶醉的神情。遊醫擦熱了他的命門穴。遊醫整理了他的脊椎骨。伊藤突然按奈不住，大呼小叫，快活無比。日本兵一個接一個地要遊醫給他們拿捏拿擔，然後又一個接一個要去找女人快活。

人們開始咒罵遊醫，說他沒資格給人整治脊樑，因為他自己就是個軟骨頭，歪脊樑。

這天晚上遊醫被人砍了腦袋。

出入意料的是，翌日，凡是被遊醫治過的日本兵居然個個都直不起腰，抬不了腿，舉不起軍刀。日本兵恍然大驚，立馬命令全鎮捉拿遊醫。

最後，在一片小樹林裡，日本兵找到了遊醫的墳頭，墳上新立了一塊石碑，碑上雕刻著四個遒勁的大字：「民族脊樑」。碑前的祭品，竟是一隻血淋淋的手。

據說那手曾錯砍了遊醫的腦袋。

茶醫陸放

清朝末期的一天，陸放從他的診所出來，迎面碰到了宛秋。陸放一愣，宛秋卻喊住了他，他是來求陸放給她表哥看病的。

陸放是烏龍鎮上的名醫，擅長茶調散配以針石治病，他所配製的中藥均須以建德天賜良茶進行沖調，再配合「靈龜八法」的針義要訣，按子午流注扎穴，有時，也以針灸，配以茶葉泡浴的方法進行治療，但不管操作如何複雜，萬變不離其宗，以茶為先鋒，以針灸為後援，每每手到病除。

但陸放行事怪異，且凡治病，先治貧後治富，只治善不治惡。故深得普通百姓愛戴，卻得罪了不少富人。

這天，診所來了一位婦人，患了「屍厥」症，三日不醒。陸放把脈片刻，未吱一聲，拿出銀針，直取她的「內關」與「公孫」兩穴，一補一瀉。須臾，婦人心脈通暢，甦醒過來。繼而，他取出一大包浴茶，交給婦人身邊的一名女子，不經意間，他們的手碰了一下，陸放抬眼望去，頓時掉進了一湖秋波。

宛秋接過他手中的處方，緩緩轉過身去，一襲暗香讓陸放迷離了很久。至此，陸放常有些恍惚。

之後的一天，村裡有名男子得了「陽縮症」，據民間流傳，男子是被「紅頭鬼」摘走了陽具，全家老少為此嚎啕不止。男子被送到陸放診所，陸放瞅了他一眼，連脈也沒把，說：「沒事的。」然後，讓男子在茶浴中浸泡，然後，對著男子的人中扎下去，須臾間，男子連說：「好了，好了！。」

村人大異：「陸醫生不但能治人病，還能治鬼病呀！」

陸放沒跟村人解釋：所謂的「陽縮症」僅僅是心魔作祟。那一刻，他心中只念著宛秋，他隱隱感到，宛秋的目光正穿越淙淙而下的玉泉直抵他的心泉。

陸放不敢對宛秋有所表示的重要原因是，宛秋是烏龍鎮的大戶人家，陸放對富人有一種刻骨的排斥，但他拒絕不了宛秋的目光，那是比建德茶葉更具滲透力的一種籠罩，那彷彿被玉泉漂洗過的眼波，泛起他心中的陣陣漣漪。

然而，宛秋那天找到他，說他有個表哥，癱瘓多年，希望陸放能憑著他精湛的醫技給他表哥治病。

陸放在富人圈裡的口碑一向較差，故陸放很想通過醫治宛秋表哥的病來獲得宛秋父母的好感，以此來掃平他向宛秋求婚的障礙。

陸放跟著宛秋走了，他感覺自己在向玉泉走去。那天的天氣有些陰沉，但陸放卻感到了陽光的照射，他不經意地瞇起眼睛，感受著「清風吹綠波」的愜意。

數月以後，宛秋表哥的癱瘓已全部治癒。

陸放感到他與宛秋之間已經沒有障礙。

於是，陸放正式向宛秋家求婚。他面見了他未來「丈母娘」，那位「屍厥」三天，被他救醒的婦人。

婦人聽了陸放的求婚，滿臉詫異地瞅著陸放說：「你不知道宛秋與她表哥原有婚約呀？」

陸放說：「他們不是已經解除婚約了？」

「那是因為她表哥久癱不瘉，現在不是治好了？」

陸放怔了片刻，然後慢慢轉過身去，他感到身後的大門關上了，把襲人的清香給關掉了。

他感覺自己陷入了迷宮，像一棵茶樹被連根拔起。

之後的一天，婦人又病了，犯的是偏頭疼，經多方延醫均無效果。這時又想到了陸放，便讓宛秋去請，但陸放已不知去向。

據說他大病一場後，便每天喝茶，喝著喝著，便茶神般離開烏龍鎮，逍遙去了。

「啞科」師娘

民國初年，上海聚集了一批名醫。在眾多專科中，有一支叫「啞科」的，所謂「啞科」其實就是兒科。因孩提之輩難於問診，醫者診治只能切脈、察色、觀形。故「啞科」這道，用當時的一句廣告語，即：「病家不用開口，便知病情根源」。而「啞科師娘」便是當時知名的兒科推拿醫生。

啞科師娘姓錢，師承家傳，原先和丈夫同門學藝，後來丈夫得罪了北洋軍閥的某個大人物而遭殺害。啞科師娘便攜子獨闖上海，因醫技精湛，不僅在上海站穩了腳跟，還鬧下了不小的名氣。一般陌生人都喊她錢大夫，而熟人則喊她師娘。

按師娘的說法：「大凡兒科得病，胎毒具多，傷食者小，餘下才為外感風寒。」故師娘診斷兒科急病很少差錯，一般十拿九穩，而治療就更有一絕。她很少給小孩服用湯藥，更不用針石之類，大部分治療，只用推拿。她的推拿手法，極細極柔，似在把玩景德鎮的薄胎瓷，那種嫻熟，近乎一種藝術，推、摩、搬、運之間，已將孩子夢中的月亮撈起，將著雨的紅暈最新送回了孩子的臉蛋。

師娘喜歡孩子，故對自己的孩子更是加倍小心：「調陰陽，補腎水，腎強，則利發育，健腎強骨呀。」師娘除了每天給孩子曬太陽，吃蔬果，還堅持每天給孩子推拿，用補腎健體的手法，細細灌入了全部的母愛。

那日，師娘有個很要好的小姊妹前來與她討論醫道。師娘喜歡用八卦五形的原理來治療小兒疾病。比如小兒習慣性腹瀉，她常用「洩木培土」法醫之。

那小姊妹就問：「為何呀？」

她就說：「小兒腹瀉，不管何因，均是脾虛所致，而木剋土，故只有洩木才能培土，土旺便能剋木。」

小姊妹問：「五形容於醫理，可謂暢通無阻，那麼容於人理呢？」

師娘一愣，她明白小姊妹所言是另有所指。

當時上海名醫的診金很高，一次診金一般為十個大洋，而且限額掛號。故師娘的收入不低。家境好了，便有些寵孩子，更何況丈夫死得早，缺失父愛的歉疚和盡力想彌補的心思，讓她把孩子寵得有些過分。結果孩子慢慢長大後，便有些學壞。舊上海是個大染缸，賭場、妓院來回逛幾回，就什麼都染上了。等孩子吃喝嫖賭樣樣全了再去管，就晚了。師娘管不住孩子就只會流淚，覺著對不住死去的丈夫，調理了一輩子的陰陽，卻沒把兒子的人品給調好。

師娘愣了半晌說：「行醫者只懂醫理，哪懂人理呀。」

小姊妹便說：「人理、醫理其實同理，如果把人品和健康方在一起，同置於五形之中去考量，如何調理，如何取捨？」

師娘有些遲疑，但站在她的角度，還有什麼比人的健康更重要呢？便說：「我會選擇健康，健康沒了，還有其他嗎？」

小姊妹笑道：「沒有人品，再健康的身體都只是製造垃圾的機器。」話一出口，小姊妹感到自己言重了。那一刻，她看見師娘臉上的抽搐。

然而重槌敲響鼓，也許是小姊妹剛才的一番重話，讓師娘心中有所觸動，她突然想起有件東西落家裡了，一個病人說好今天來取的，便起身讓小姊妹稍候片刻，她去去就回。

家離診所很近，不到十分鐘，師娘就返回家中。開門，正撞上兒子翻箱倒櫃。師娘一驚，問：「聽兒，你做啥？」

兒子見娘突然出現，先是一陣驚慌，但隨即就狠巴巴說：「不管你事！」

師娘就過去拉他，兒子返身猛推。師娘沒有任何防備，一個趔趄，一頭撞在櫃角上，師娘頓時撞昏了過去。

兒子見狀，知道闖禍，奪門就逃。

一小時過去了，二小時過去了。小姊妹感覺不對，便找上家來。見了師娘的狀況，趕緊送往醫院。由於大腦淤血壓迫時間過久，師娘的命是保住了，卻開不了口，說不了話，成了真正的「啞」科師娘。

身體健復後，她再次要求與小姊妹探討探討。她用筆寫道：「看來人品比健康更重要。」

小姊妹回道：「五形之中，講究的是平衡，失偏則亂。」

師娘看後，便有些走神，臉色極差。

小姊妹悄悄走了。但她無論如何都沒料到，待她再來時，卻發覺師娘身邊多了一個傻乎乎的兒子。也不知她在兒子身上做了什麼手腳，只見聽兒已癡呆無比，一動不動，一個勁衝她傻笑。

小姊妹見了驚叫：「師娘，這是怎麼啦，你怎麼他啦？」

師娘雙目淒婉，她拿起筆，在紙上寫到：「罪惡的品行是團烈火，而健康則是燃燒的乾柴，只有釜底抽薪，才能滅火治病，才能阻擋罪惡氾濫。在人品與健康的平衡中，我選擇了人品。」

「迂啊！」小姊妹大喊，淚水洶湧而出。

意外

周傑是個整容醫生，他在復興街開了一家整容醫院，之後又改名為「整復醫院」。按他的理論，「整」，是指對人體組織器官缺損畸形在形態上進行修整；「復」，則是使病人在生理功能上進行最大限度的恢復。周傑的整容技術可用鬼斧神工來形容，但從不做美容性手術，他說他酷似一個上帝的使者，只拯救不幸的人們。即便如此，周傑的醫院依然人滿為患。

這天，醫院來了一名中年男子，戴著一副墨鏡，穿一身名牌，他指名要周傑替他做整容手術。周傑的助理告訴他，周醫生從不做類似手術。男子說他可加十倍的手術費。助理說，加一百倍也沒用，周醫生根本忙不過來。助理將男子引到手術觀台前說：「看，周醫生只給真正需要幫助的人做手術。」

男子透過玻璃，將目光移向躺在手術臺上的那個病人：一個鼻子坍塌為平地，兩眼生在太陽穴處的「外星來客」。助理說：「該病人由於長期鼻炎，導致他的鼻骨、篩骨不斷粗隆，最後兩眶受壓、側移，就成了現在模樣，這種顱面畸形，在臨床上稱：眶距過寬症，手術的難度極高。」

男子似懂非懂地聽，又高度緊張地看。他見識了周傑從容淡定的姿態和精湛的技術：只見他刀起刀落之間，已將病人臉部的皮瓣做了剝離，然後挪開眼球，繼之用電鋸「吱吱」地在病人「印堂」處挖去了一塊額骨，鏤空的腦骨底下可見到白森森的大腦，然後再用鑿子沿著切割過的頭顱進行修飾，再用鋼絲將移位的眼眶拉回，並取來填充物支起病人的鼻樑，之後回復皮瓣，修整造型，一張英俊的臉龐便脫穎而出。

男子等了周傑十來個小時，最後在醫院門口把他攔了下來。然而周傑還是拒絕了男子的請求。

周傑說：「人之形貌如地貌構造，有其自身的自然之數和形成理由，古人從來都是把人體與自然對應著進行著比照，臉部的五嶽各代表著不同的山川符號，由其祖先的自然遺痕，非意外致殘、致損，導致山崩地裂，沒必要挖山造地，毀林填海。恢復原美，追求原創，這是自然；但刻意抄襲就是偽自然的求美心態。」

男子沒放棄，第二天依然來到醫院。周傑依然忙得不亦樂乎，這天他正在為一名背部至臀部生了一個三十多公斤重的神經纖維瘤的女青年進行手術準備，要摘除這樣一個沉重而又廣泛的腫瘤，難度頗大。此刻他正在手術臺安裝一個小型吊車，以便手術時吊住這個巨大腫瘤。男子沒敢打擾周傑，他照例站在觀台前看周傑的手術，照例在周傑下班後攔住他。他告訴周傑他之所以要改變自己的形象，完全是為了在電影中扮演一個角色，是為藝術獻身。周傑猶豫了，但仍未答應。

第三天，男子仍不放棄。周傑依然很忙，男子堅持等他下班。

周傑對他說：「你演角色，完全可以通過化妝處理。」

男子說：「我是個完美主義者。」

周傑終於被感動，感動男子對事業的執著追求。他破例答應了男子的請求。

男子的手術非常成功，沒人能認出術後的他。

數月後一個非常明媚的早晨，周傑在上班途中偶然看見一張通緝令，他一上子認出了通緝令上的男子，那個被他整容後的男子已經逍遙法外，也許誰也不知他的去向。

周傑的心突然灰暗，他喃喃道：「他真個好演員！」手一下子無法動彈。

母親的自責

五月的一天，瓊・西伯格忽感坐立不安，一種不祥的預感籠罩了她。這位美國著名影星悄然佇立在窗前，默默等待著什麼。

五月的陽光其實很美，陽光裡氤氳著一種甜膩的「民主」氣息。然而，瓊・西伯格卻感覺不到。

不久，一份《洛杉磯時報》擱在了她的案頭。

一條醒目的花邊新聞，利刃一般扎進了她的心頭，她遽然眩暈。報導稱：瓊・西伯格與「黑豹黨」的領袖有染，近期已經懷孕，所以瓊・西伯格對「黑豹黨」民主運動的支持和捐獻，是別有隱情的……等等。

瓊・西伯格出身美國艾奧瓦州一個普通農家。十七歲那年，她被從一萬八千名應徵女青年中挑選出來，扮演了《聖女貞德》影片中的主角，從而一舉成名。繼之，她又應邀在巴黎陸續拍了一些故事片，在西方影碟機壇享有較高的聲望，擁有無數影迷。一個農村姑娘的成功，必然伴隨著無數辛酸。她體會過苦難，體會過被歧視。因此她站在黑人一邊，同情他們的不幸，支持他們的運動，也就不難理解了。

然而，髒水向她潑來。

數日後，《新聞週刊》上登載了一篇有關她緋聞的翔實報導。繼爾，朋友的電話、影迷的謾罵如潮水一般向她湧來。一個純白種的女星居然與黑人有這種不可見人的關係！一個受人尊敬的明星褻瀆了無數影迷的感情！一些黑人相繼遭到種族歧視分子的暗殺。

自然，她不知道，這一切均是美國聯幫調查局在得知她懷孕後，實施的「謠言殺人」勾當，以報復她對黑人運動的支持。

瓊・西伯格被擊跨了。連續數週，她都沉吟不語地默坐著。丈夫信任的擁抱和家人的勸慰都幫不了她。細心的人，不難看出她臉部肌肉時不時地抽搐。就一個人的尊嚴，她不能任人踐踏；但對熱愛她的影迷，她必須有個交待；作為對一種事業的支持，她必須盡快地澄清事實；對黑人的繼續流血，她更不能坐視不管。

終於，她堅強地站起身來，說了句：「墮胎！我要墮胎！」

九月的一天，一個不足七個月的女嬰誕生了。純白種的，與她和丈夫屬同一種血型。

然而九月的雛菊是那樣的嬌弱，九月的女孩剛剛降臨，就被死神攫取。

一個女人證明了自己的清白；一個女星已還給觀眾依然值得信賴的偶像；一個社會中的人，她為正義的事業發出了良知的吶喊。但作為一個母親……

九月的一天，女嬰是被殮在玻璃棺材中出殯安葬的。面對世人，她展示了自己「蒼白的膚色」和生命的無奈。而一個母親，這時向她投來的目光，則是破碎的，迷亂的。

九月的陽光如此蒼白，九月的陽光如此黯然。雛菊和百合花在那天的早晨，沾滿了淚光。

後來的一個九月，瓊・西伯格自殺了。

她以一個母親的名義。

輯四

多元、職場

為一場戰爭默哀

女兒老纏著父親講故事，講各種神話故事，女兒幼小的心空飄浮著白雲，虛幻而美麗。然而有一天，面對久病不愈的爺爺，坐在病榻之前的父親，卻給女兒講述了一場關於戰爭的故事。

父親盯著女兒清澈的瞳仁，有些不忍，那些深奧的解釋被父親一遍遍過濾，然而戰爭是無法避免的一種「不能通過其他手段解決問題的解決方式，是政治集團之間、民族（部落）之間、國家（聯盟）之間、生物之間的矛盾最高的鬥爭表現形式」。說白了，是使用暴力手段對秩序的破壞與維護、崩潰與重建。

父親之所以要跟女兒講述關於戰爭，是想讓她瞭解生命的本質，生命之外以及生命之內的秘密：「躺在你面前的爺爺之所以面容憔悴，每天掛著鹽水，被病痛折磨，是因為他體內正在進行著一場曠世持久的戰爭。」

「不，爺爺是生病，是生乙肝病，醫生說現在已經肝硬化、肝昏迷了。」

「對，你說得沒錯，但出現這種情況是因戰爭所至，在戰爭沒有發生之前，先是由一種叫HbsAg的病毒侵入了爺爺的機體，用通常的話講就是外敵入侵。這時，體內就會出現了兩種不同的聲音——即主戰派與主和派。主張不打的那一派認為，所入侵的病毒，已直接進入人體的生化和營養儲藏重地，一旦戰爭爆發，將直接威脅機體的安全。與其兩敗俱傷，不如化干戈為玉帛，至少還可暫時保持歌舞昇平的局面。但主張打的那一派卻認為，外敵入侵，作為免疫系統中的抗體，義不容辭應予堅決抵禦，這涉及領土的完整和機體的尊嚴。」

「真的有兩個人在爺爺的身體裡吵架罵？那後來呢？」

「後來那個叫抗HBs的戰將，鐵青著臉，突然怒氣衝衝地高叫：『寧為玉碎，不為瓦全！誰再講和，我立馬劈了誰！』於是就沒人敢再吱聲。結果戰爭就這樣爆發了，一場生物之間的戰爭因無法調解紛爭而開始了戰爭。」

「打起來啦」

「對，打起來了。先是病菌佔領了那個叫肝細胞的高地，破壞了那個地方的生化功能，使人體的解毒和分解功能急驟下降。接著，人體的免疫細胞也迅速集結，並以十倍二十倍的兵力將病菌團團圍住。那一刻，士兵成批成批倒下，戰爭是空前的慘烈。它們打著，卻把爺爺疼得不行。而且人體的免疫體系中，沒有一種專門針對乙肝病毒的武器，這就使戰爭被無限期的延續著，爺爺就被反反覆覆折磨著。那時醫生就過來幫著爺爺，使用各種武器，比如：板蘭根、垂盆草、茵陳等等。但是戰爭在毀滅敵人的同時，也在毀壞自己的領土；那些免疫細胞在殺滅對手的同時，也把自己細胞之間的通道如橋樑、鐵路、河道給炸毀了。結果造成河道堵塞，循環受阻。這時營養運輸就無法正常進行了，整個運輸大動脈處於癱瘓狀態。肝硬化就是戰爭的廢墟，肝的通道被破壞了，蛋白質還能正常送入人的機體嗎？肝腹水就是蛋白質送不出去，被擠壓在腹腔所致。」

「爸，你講得太深了，我聽不懂。」

「好，那我說得通俗易懂些，你看爺爺掛的滴管，如果在一頭用線紮緊，另一頭不斷灌水，結果會怎樣？」

「皮管肯定會破，水會流出來。」

「對，你爺爺後來的胃出血，就是這個道理。」

「那把線放開呀。」

「沒法放，孩子。堵住你爺爺血管的，就是他硬化了的肝呀。除非把他的肝換掉，但沒有肝可以換給你爺爺，而且肝是人體解毒的化工廠，工廠被破壞了，人體的毒素就只能隨著血循環進入了人體大腦。孩子，你知道，爺爺的生命將隨著這場戰爭的延續被徹底毀滅。所以戰爭的輸贏沒有意義。贏的，只是一種表像；而輸的，永遠是參與戰爭的戰士和無辜的受害者。」

「爸，爺爺怎麼啦？」

「在一群人聲嘶力竭地呼喊後，一切又歸於平靜。」父親對著其父親的遺體沉重地說：「女兒，為一場戰爭默哀吧。」

許多年以後，女兒考上了醫科大學。她說她要盡一切努力去阻止戰爭。

懸崖邊的考試

有個企業老闆擬對他的三個部下進行一次深刻的溝通。

於是他帶著自己的愛犬「貝貝」和他的三個部下甲、乙、丙來到一座高山的懸崖邊上。懸崖邊的對面是另一座山的山頂，這山與山之間隔著相當距離，山下是萬丈深淵，普通人如要躍過深淵，抵達對面的山頂，必須窮其極限。

老闆指著對面的山頂說：「誰能躍過去，就是真正的英雄！」

甲揚頭拍胸說：「我能！」他用一種不屑的眼神掃視乙、丙，然後往後退了幾步，一個衝刺，猛然一躍，就穩穩落在了對面的山頂上。

老闆脫喊了一聲：「好！好樣的。」然後他回頭對乙、丙說：「誰還能跳過去？」

乙、丙面面相覷，未做回答。

老闆說：「當英雄其實不難，只在一躍之間。」

乙、丙看了看老闆，輕聲說：「我們當不了英雄。」

老闆說：「那好，誰跳過去，我獎勵他一千美金。」

乙突然雙眼發光，說：「好，我跳！」乙毫不猶豫，飛身一躍跳了過去。

老闆哈哈笑道：「好，金錢的力量，金錢的力量！」隨即，他對丙說：「你也跳，跳過去就能拿到一千美金。」

丙連連後退說：「不不，拿錢換命，我不幹。」

老闆大怒，回身對「貝貝」說：「咬他，給我咬他！」

「貝貝」一聲怒吠，朝丙猛撲過去，丙嚇得轉身就逃，他連滾帶爬奔向懸崖邊，用足吃奶的勁拚命一躍，儘管樣子有點狼狽，但還是跳了過去。

老闆興奮不已，對著「貝貝」說：「看，對不同的人採用不同的激勵方式，都獲得了成功。」

但山對面的甲、乙、丙這時卻衝著老闆喊道：「老闆你呢？我們是一個團隊，我們都過來了，你不能一個人落下，企業成功的秘訣在於團隊精神。」

老闆愣了一下，但隨即說：「對，我也過來。」然後他四周打量，又到懸崖邊去看看，他來回做了幾次試跳，但奔至崖邊均戛然而止。

對面山頂甲、乙、丙齊聲高喊：「老闆加油，老闆加油！」都不管用。最後老闆靈機一動，找來一根繩子，一頭綁住自己的腰，另一頭綁住一根樹樁。有了這種保險，老闆才開始助跑，起跳。

然而，老闆並沒有躍過山崖，他的一隻腳剛觸及對山的岩石就沒了後勁。他隨之滑了下去，栓著他腰的繩子一下子繃緊了，老闆被懸在半空中不斷的晃著。

山對面的甲、乙、丙齊聲驚呼。

然後，甲說：「沒激勵就是不行。」

乙說：「越想保險，越不保險。」

丙說：「老闆就是老闆，跟我們不一樣。」

只有「貝貝」急不可耐地用嘴銜住繩子一頭，使勁往上拖著。

意料之外的面試

陳晨大學剛畢業，這天他到一家著名企業去面試，面試通知上明白無誤地通知他於上午九點前十分鐘，到公司大樓前廳接待處登記姓名，然後撥通「43246」，人力資源部分機電話，允許後，即可正式面試。如果遲到，且超過十分鐘的，一律按自動放棄論處。

該公司的管理非常嚴格，操作流程規範，企業文化獨特，自然，企業的收入也相當可觀，所以，許多大學生都以能夠考入這個企業為榮。

陳晨也不例外，他非常重視這次面試，儘管他在大學的學習非常優秀，每年都能拿到獎學金，但畢竟施展自己的才能須有一個足夠寬闊的平臺，陳晨相信自己：「只要給我一個支點，他能撬動整個地球。」

陳晨這天以正裝隆重出現在這家公司大樓的前廳，他看見了登記處的指示牌，看見了站在桌旁的保安。

陳晨上前向保安禮貌地打招呼，說明來意後，便出示了通知書。

保安看完陳晨的通知書後，非常禮貌地說：「請稍等，我馬上給你轉過去。」然後他就拿起電話，快速地按了幾個鍵碼，但電話沒人接聽。保安就說，沒人接，面試人員可能暫時走開了，請稍等。

陳晨心裡掠過一絲詫異，這種企業怎麼會爽約？也許……

時間在一分分的流失，陳晨心裡焦急，他讓保安再打電話，保安接通電話後，電話裡傳出來的，仍是無人接聽的盲音。

九點鐘到了，陳晨有些不快。

九點零五分了，電話還是無人接聽。保安自始至終都非常耐心地幫他打電話，並不時將電話遞給他親自驗證。

電話確實無人接聽。

九點十分了，陳晨感到非常憤怒，一個著名企業怎能如此失信於人，即便臨時有急事，也該吩咐保安，先作交待，說明情況吧！

按通告書上規定，參加面試超過十分鐘，即按自動放棄論處。也罷，陳晨覺得錯不在自己，他想明天再來，保安可以證明，他是準時前來參加面試的。

陳晨記下了保安胸卡上的名字。

當天晚上，陳晨收到了這家公司發來的一封電子郵件，來件是這麼寫的：

陳先生：

今天上午九點，我們準時對你進行了面試，你非常守時，這點很好。但你沒有仔細觀察保安所按的電話鍵碼並非是43246，反覆多次，你都沒能看出來。而且你的身後就有一台公用電話，你完全可以自己重打一遍，以驗證電話那邊是否有人接聽。尤其是面對小小的挫折，你只用了十分鐘就選擇了放棄。我司的用人標準是按特定的企業文化來設定的，即：成功在於堅持！

祝你下一次成功。

一隻缺口的木桶

兒子高三了，馬上面臨高考，但數學成績老是上不去。父親急，想跟兒子溝通，但兒子非常抵觸。怎麼辦？父親在兒子的書房外來回打轉。

這天，父親特意讓為兒子訂製了一隻木桶。這種木桶不好買，父親特意跑到古鎮去尋找箍桶匠，最後總算找到一個能箍桶的老人，他要求老人給他做一隻短一塊木板的缺口木桶。老人說：「那還是木桶嗎，咋用呀。」

他笑說：「這就對了，我就是要讓人家一眼看出，短一節木板，木桶就沒法正常使用。」

老人眼睛一亮，說：「噢，你是要拿這個去說理，是老師吧，有點意思。」老人笑著不斷點頭說：「了一輩子木桶，沒想到木桶也能說個道理，有玄奧哩。」做

於是父親就拿著這只木桶回家，把它放在書房最顯眼的地方。

兒子見了沒吱聲，只是撇了撇嘴。父親想上去解說，且被兒子用手按住：「不用再說，這個道理我懂，你是想讓我提升數學這塊短板，讓木桶的容量迅速增加，但我討厭數學！討厭！」兒子突然高聲喊叫，那表情充滿了厭煩和憤怒。

父親驚訝地看著兒子，他知道兒子所面臨的壓力，他的表達已經是盡可能的婉轉了，但兒子還是爆發了。

父親深深地為兒子擔憂，他在QQ上給兒子留言：「我幫你請了最好的數學老師。」父親非常當心兒子的情緒，怕一不小心碰碎了兒子脆弱的瓷器般的心理底線，他常常只在QQ留言，他怕直接與兒子交流，怕會因

此引起兒子的抵觸情緒。

兒子沒理會父親的留言，過了一天兒子突然回覆：「人生的選擇就沒有第二條道了嗎？那隻木桶除了裝水，就不能裝其他東西了嗎？如果裝固體物質，短一節板不是照常使用!!!」

兒子故意用了三個驚嘆號，明顯對父親的理念提出質疑。父親想了想，回道：「木桶理念只是要告訴大家，提升自己的短板，能最大限度增加自己的容量。」

「難道只有一個選擇嗎？」兒子反詰道。

「不，」父親回說，「你也可以做出其他選擇。」

「我選擇好了，」兒子說，「我選擇放棄，既然數學是我無法逾越的障礙，那我就放棄數學，我想好了，選考藝術類專業，攝影專業屬藝術類，不用考數學。」

父親愣了一下，他略感意外，心裡暗自遺憾，但轉而又感欣喜，兒子的思維方式不僵化，他突破困境的方式很獨特。攝影也許不是他的最喜愛，但兒子繞過了他的短板，直接用他的文科之長來敲大學之門。

兒子考入了一所大學，這讓父親非常意外，按他原先的考試成績，他最多只能考個專科學校。

不僅如此，兒子開始自信起來，與父親的交流也變得主動。比如他會在ＱＱ留言：「你看我做個班長是否夠格？」

父親頓時激動起來，想跟他電話聯繫，但還是忍住了，回道：「當然夠格，相信自己是最棒的！」兒子回了一個握手的插圖。父親笑了，輕輕嘀咕道：「看你得瑟。」

年末，兒子給父親留言：「老爸，我這學期的考試績點是四點五噢。」

「不錯。」父親不敢表揚，但心裡非常高興，心想：「兒子總算跨過了這道門檻。」

大三那年，當兒子再次在ＱＱ給父親留言：「老爸，我新創作的滑稽劇，最近正式在電視娛樂檔播放了，有興趣看看，給兒子提些意見噢。」

父親興奮地跳起來，隔著房門連聲高叫：「老太婆，你兒子出息啦！」老婆被他的叫聲嚇了一跳，還以為出了啥事，手一滑，盤子砸了一地。

父親突然覺得放在兒子房間的那隻木桶有些礙眼，有此突兀。那天，他悄悄把它拿走出書房，恰好被兒子撞上，兒子見了一怔，旋即說：「爸，那木桶放著吧，我還有用。」

父親疑惑地看著兒子，問：「啥用？」

兒子語焉不詳地一笑，沒回答。

過了一段時間，父親再到書房時，突然發覺，原先的那隻木桶被換掉了，原先那隻木桶矮胖，現在這隻瘦長，原先那隻由八塊木板組成，現在這隻只有七塊木板。父親甚感疑惑，兒子為啥要換一隻木桶？

兒子這時突然從父親背後說：「那塊最短木板被我拿掉了，與其在最短的那塊木板上苦苦糾結，還不如讓長的木板更長。」

另一種理解

一文學青年向一位成名作家討教成功秘訣，作家避而不答，卻給他講了一則故事。

話說，某地有一位成名的中醫，善診斷。望、聞、問、切，尤善聞道。古醫云：「望而知之，為之聖；聞而知之，為之神；問而知之，為之實；切而知之，為之巧。」由此可知，善聞之道的重要性了。

一次，中醫率徒三人巡視病房。恰逢一病者剛解完大便，中醫端起他的大便，湊近鼻前細聞，後又用指沾而品之。隨後三徒，甲，趨前仿效，毫不遲疑。乙，細聞糞便後，笑而棄之。丙，猶豫不決，蹙眉不前。

探房結束後，中醫問甲：「有何感受？」

甲侃侃而談，從便之腥臭，斷其脾胃虛寒；從品之酸澀，斷其虛中挾濕。

問丙：「為何避而不前？」

丙低垂著頭，羞愧萬分道：「如是，我寧可不做醫生。」

最後問乙：「你為何而笑？」

乙道：「先生不實也。」

中醫問：「何出此言？」

乙道：「先生聞大便是實，但品大便則虛。先生用食指沾糞，卻用中指品其味。弄虛作假也。」

中醫領首笑道：「甲有善心，能成為好醫生，卻成不了神醫。觀察不細也。至於丙，還是就此改行為好。唯有乙，能成為一名真真的醫生。醫者，不僅要有一顆善心，還必須具備敏銳的觀察能力。察其表，見其裡，觀其外，悟其內。甚至連老朽的弄虛作假都能一一戳破。」

作家微笑著拍了拍青年的肩說：「秘訣你該找到了。」

文學青年略一思忖說：「噢，我明白了，成功的秘訣在於別丟失了自己。就像丙，寧可不做醫生，也不做違心之事，更不人云亦云，步人後塵。如此，才能成為一個有個性，有創意的作家。」

作家愕然，他沒想到這則故事還可以有另一種理解。

高空飛落的遺憾

本來說好了，下班之後一起去看電影的，但小潘卻說：「今天我要守在辦公室裡，我要抓拍隔壁電廠排放黑煙的景頭，我要收集證據。」

燕子便有些生氣，說：「你啥意思麼，上午不是拍過一張了？」

小潘說：「那張拍得不清楚，而且電廠一般都在我們下班後才大量排放黑煙。」

燕子扭過身子說：「你這人也太較真了。說完一摔門就走了。」

燕子與小潘好上，始於局系統組織的那次安全知識競賽活動，在培訓與答題過程中他們一不小心就碰撞出了火花。

燕子很欣賞小潘的好記性，以及答題時的那種從容姿態。燕子儘管跟他一組，但始終是陪襯，是配角，或者說是一種精神支柱，反正在那次局系統的安全知識大賽中，他們表現得極為出色，最後獲得了二等獎。

小潘只是廠裡的團委書記，其實隔壁電廠排放黑煙跟他沒啥關係，但他對電廠排放黑煙似乎很厭惡，見了就會說：「看，又放毒氣了。那些黑煙裡有多少致癌物質呀。」

燕子這時就故意不接他的話茬，接了，他就會沒完沒了。

小潘就衝她喊：「你怎麼沒反應，這可是破壞環境的行為！你看看，他們工廠大門的右側寫著標語呢，『節能、降耗，減汙、增效』，多醒目呀。你再看這邊，卻是黑煙彌漫呀，太搞笑了吧。」

燕子這時就擰他的手臂，回說：「你衝我吼啥吼，有本事你不讓他們放呀！」

也許就是這句話刺激了小潘，他「噌噌」跑到工會去借來相機，說要收集他們證據，然後發到網上去。燕子回家路上突然感到很不安。上午拍照時，小潘老說：「在地面拍不清楚，如果能攀到行車水泥大樑上去，從那個角度拍過，效果肯定會更好。」

燕子擔心小潘真的爬到水泥大樑上去，那個橫樑離地面可有十幾米高呀。

她打電話過去，手機沒人接聽。她開始忐忑起來，想想不放心，下了公車，就往回趕。

這段路真長，她感覺走了很長時間，彷彿是生命的重播，那慢慢移動的過程，非常艱難地穿越了她的一生。然而她還是遲到了一步，她沒能趕上那趟生命的列車，卻看見廠門口呼嘯而過的救護車，她感到了眩暈，她隱約聽到了急促的腳步聲，來來去去。

小潘被救護車接走時，已經沒了氣息。

這時，許多人圍住一個目擊者問：「發生什麼事了？」

那人顯然驚魂未定，他結巴著說：「我老遠看見他一個人從斜樑上爬上去的，爬得很快，他爬到行車橫樑上，估計是想拍啥東西，我老遠喊他當心，當心！他沒聽見，他是在往後退步選景時踩空的，他落下來時就像一隻大鳥，叭一聲悶響，就沒動靜了。」

燕子在之後的許多日子裡都沒想明白，小潘剛剛在指責隔壁工廠，一邊寫著「減污」的標語，一邊卻在排污；然而他自己呢，剛剛在安全競賽中以優異成績答完高空作業的題目，明知道高空作業必須有人監護，必須繫安全帶，卻還是違反了操作規程。

「你是在拿自己的生命開玩笑呀！」燕子喃喃自語，眼淚嘩嘩地流個不停。

我爸是市長

周旭好不容易才進了這家單位。這家單位之所以難進，不僅因為待遇好，而且有權，能對某些社會行為實行「一票否決」。

自然，周旭特別在乎這種生存狀態，在乎其穩定、安全的延續，然而他卻時常有種不安全感，因為他的那些同事似乎都很有背景。於是他就慌恐起來，總想做點啥事，以制衡周遭的「明爭暗鬥」。

這天，他在辦公桌上擺放了一張照片，是一張合影。照相中的主人公，一個是他自己，另一位有點像……

「那不是周市長麼！」小吳第一個發現了這個秘密。

「真是哎，周旭，你咋認識市長的？」周旭曖昧地一笑，未作任何回答。

「他是你老爸？」小吳大膽的推測。

周旭一笑，語焉不詳地回道：「你猜！」

「真是哎。」一瞬間，那些同事的目光發生了變化，那背後的潛臺詞沒人能說清，但大家異口同聲地「哦」了一聲，便悄悄走開了。

但之後就有人陸續返回，很親熱地拍周旭肩說：「以後有啥難事，吩咐一聲，哥幫你搞定。」

女孩跑過來說：「周旭，晚上有空嗎？」眼光柔情似水。

第二天，他們處長巡視過來，在他背後站了片刻，周旭頓時緊張地站起身來：「處長，有事？」

「沒，沒啥事，就過來看看，你還適應這裡的工作環境吧？」處長問。

「適應，適應。大家對我都很關照。」周旭感到額頭冒汗了。

「適應就好。」處長輕拍他的肩，某種暗示，在瞬間就完成了傳遞。

一週後，局長也來慰問大家，非常偶然地站在他的身後。處長順便就介紹說：「這是我處新來的大學生，叫周旭，工作非常出色。」

「哦，好呀，年輕人好好幹呀。」局長握住他手。

周旭真是受寵若驚了，他甚至有些結巴：「局長好，我一定會好好幹的。」

「好，好。」局長也拍了拍他的肩。

局長前腳剛走，小吳後腳就湊過來說：「哥們，以後混好了，也拉兄弟一把喔，我可是『發現號』首航者呀。」

周旭一時沒明白，愣了片刻才突然明白了他的意思，憋不住就哈哈笑出聲來。

小吳就說：「別笑呀，我是認真的。哥們，我知道你低調，上班也不開車，剛考出駕駛證吧，我見你也不操練，那哪行呀！哥們，我開的寶馬你見了吧，哥們這幾天借你了，讓你練練手。」

周旭知道小吳家特有錢，車子經常換著開，心想，：「人白給車開，為啥不呢，再不練習，那張駕駛證真成煤球卡了。」

讓同事們把周市長誤作自己「老爸」的感覺真好！開寶馬車的感覺真好！

周旭這天開車上班，一路上，他能感覺到兩旁不斷閃過的羡慕眼光。啥叫「春風得意馬蹄疾，一夜看盡長安花」，就是現在這種感覺呀，他想。

突然，一輛行駛在他外側的車輛強行變道。「啥意思呀，會開車嗎！」他從內心發出吼叫，卻來不及剎車了。那一刻，他條件反射，把方向盤往里拉想避開追尾，但在非機動車道上，他撞倒了一輛自行車。

他的臉色頓時煞白了，他打開車門下車，卻被許多路人圍住。

「你會開車嗎！算你開寶馬！他媽的你開寶馬就可以隨便撞人？」周旭面對這麼多人的指責，頓時亂了方寸。

「我爸是市長！」他的喊叫是隨著他潛意識裡那個錯誤的資訊而發出的，想糾正已經來不及了。他其實也被自己的大膽喊叫給嚇住了。

旋即，他聽到「噗」的一聲猛響，車子被人砸了。

「別砸呀，那不是我的車！」他聲嘶力竭的喊，帶著哭聲在喊。但現場已經失控，他沒料到，同樣是錯誤的資訊，放在不同的場合，會出現截然不同的兩種結果。

他看見某人的照相機對準了他，他頓時絕望了，乾脆什麼也不做，趴在欄杆上號啕大哭起來。

「碰瓷」哥

彭子根在三年裡已是第十一次與多家企業打官司了，他每每以勞動糾紛為賠償切入點，儘管訴訟的輸贏參半，但最終收益頗豐，跟他一起出來打工的，三年下來的總收入都不如他。

彭子根幹活有點懶，人卻很精，長一雙小眼睛，看人時，眼珠子轉得飛快。他轉眼珠子時，誰都不知道他會搗鼓出啥花花腸子來。他第一次跟一家私企老總叫板，就是這麼盯著人家的。

那個總經理開始沒在意，冷冷地問：「有啥事呀？不幹活跑這裡來。」

彭子根揚了揚手裡的《勞動合同》，不屑道：「跟我簽一年的合同，試用期卻是三個月，看來得去勞動仲裁了！」

總經理吃一驚：「什麼意思，不願做可以辭職啊，剛來就想鬧事。」

彭子根轉了轉小眼珠子：「哈，看看吧。」他遞去一本小冊子《勞動法》：「簽訂一年合同，試用期不得超過一個月。」

「你以為就我一個人想打官司，告訴你，我會動員其他人一起打！」

「你！」總經理頓時咽住了，馬上壓低聲音說：「有話好說，有話好說。」

那次糾紛，彭子根沒費一槍一彈就把總經理收拾了，拿到半年工資的賠償。之後，他頻繁跳槽，採用同樣的方法，諸如連續加班超時啦，工作環境沒有安全保障啦等等，頻繁與企業打官司。

這次他在一家超市工作，本來做得很好，他在倉庫做搬運工，儘管有點累，但倉庫的油水不少，供應商常有贈品送給超市，以彌補運輸過程中的損失，搬運工則近水樓臺先得月，從中扣下不少物品。這事不知怎麼就被店長知道了，便來查收，參與者還被扣罰了五十元獎金。

彭子根跳了出來，大家看到他眼珠子轉出火來，他說：「這些贈品都是我們向供應商討來的，你憑啥沒收？」

店長詫異地看他一眼，問：「你不在超市做，供應商會送你贈品嗎？你要搞清楚，這裡的每一件贈品都是公司的！」

店長非常需要這些贈品，倒不是她想佔為己有，而是超市常有物品丟失，這些贈品可以彌補門店的虧空。

「你彭子根算哪根蔥，也想跳出來爭這些東西，太搞笑了。」

彭子根大吼一聲：「我要跟你打官司，你們違反勞動法，經常超時加班！」

店長儘管是個女流之輩，但做超市的都有幾分潑辣勁，超市裡人來人往，什麼人沒見過，對他的咆哮有點蔑視，冷冷地說：「跟我礙不上邊，想打官司找公司去。」

結果彭子根就真跟公司較上了勁。但這次法院沒幫他，因為法院在查閱相關資訊時，發現彭子根三年裡與多家企業打了十一場勞動糾紛官司，有點「碰瓷」的惡意，故不予支援。

彭子根不服，超市明明超時加班了，法院居然不支持，這太不公平了。既然如此，那老子就跟你們玩點驚險的！

第二天，他打電話給店長：「我是彭子根。」店長也許沒聽清，也許是故意損他，問了句：「誰啊？『碰瓷』哥？」

「我，彭子根！你聽著，我在你們店裡放了兩枚炸彈，你要麼給我賠償，我們兩清，否則咱就同歸於盡！」說完，就掛了電話。

店長聽了心裡一驚，這還了得，炸彈都敢放呀，馬上報警。

員警第一時間趕到了現場，疏散人群，清理現場，然後是專職員警尋彈、排彈。結果啥都沒查到。

員警很快找到了彭子根，把他帶到現場，問：「炸彈放在哪了？」

彭子根轉動著狡黠的眼珠，從容地把員警帶到超市更衣室，打開更衣箱，然後指著幾張撲克牌，一共是八張，其中四張老K，四張A。淡淡地說：「這不是炸彈？」

員警頓時傻了眼，而彭子根的嘴角閃過一絲不易察覺的冷笑。「你以為自己很幽默是吧！」員警突然大聲喝斥，「你的行為已經觸犯了法律！」

一票否決

本市的創稅大戶森林機電公司，這幾年的經營效益不斷滑坡，公司採取了一系列措施，不斷引進優秀人才，但企業依然不見起色。這天，公司董事長親自來到人才交流市場，他想找人聊聊，想親自選拔人才。他暗想，誰能為公司的病症作出正確的診斷，就聘用他。

下午，董事長真就遇上了一名前來諮詢的男子，男子開口就說：「我想應聘總經理一職。」

董事長一愣，笑說：「公司的招聘啟示上寫得明明白白，只招中層管理人員。」

男子一笑，說：「貴公司需要的不是中層經理，而是總經理。」

「何出此言？」董事長問。

男子說：「先聽我講個故事如何？」

董事長頷首微笑說：「說來聽聽。」

於是男子就敘說了下面這個故事，一個發生在森林機電公司的故事。

許多年前的一天，職工許林突然衝進王總的辦公室。他一進門就往地上一跪，痛哭流涕道：「王總，都是我的錯，我不該為一點小事與陳斌打架，尤其在上班時間，影響極壞。但我是個大男人呀，我要養家糊口，你千萬不能開除我，否則我的全家怎麼活呀。」

王總一愣，他沒料到一個大男人會為了一份工作向他跪地求饒，不禁心中一軟，說：「有話起來說，一個大男人，像什麼！」

許林就說：「那你就是答應了，你答應了我就起來。」

王總馬上改口說：「我什麼時候答應你了，因打架，你影響了公司的正常生產秩序，問題很嚴重，按公司規章制度必須開除。」

許林馬上說：「我代我八十歲的老母親求你了。」說著又要往下跪。

王總一把拉住他：「別，對你的處理，我們還要商量。」

王總嘴上這麼說，但在班子討論中卻說：「對許林的處理，我看還是人性化一點，讓他寫一份深刻的檢查，再予經濟處罰，以教育為主嘛。」

班子會上沒人反對，又不是什麼大事，只是處理一名普通員工而已。如此，許林便沒被開除。

之後，又有一名鍋爐工上班打瞌睡，結果將鍋爐給燒穿了，這次問題比較嚴重，班子討論一致同意將其開除。但這名職工卻鬧到王總這裡說：「制度面前人人平等，為什麼要搞一國兩制？」

王總說：「你去翻一翻公司規章制度，你是不是該開除？」

這名員工說：「對照公司制度，當初許林也該開除，他沒有開除，為啥我要開除？下面傳說許林是你的親屬，看來確有其說。」

王總頓時跳起來：「你說話要有證據！」

員工說：「事實就是證據。」

王總一時語塞，良久說不出話來。

這名員工最後也沒開除，只是被罰了款並調離了原崗位。至此，公司的制度越來越形同虛設，行為規範我行我素。若公司某段時間強化一下，員工就相應收斂一下，稍過時日，又故態復萌。於是高層管理人員抱怨公司員工素質差，企業規章制度不齊全等等。隨之而來的是，公司的產品品質每況愈下，企業效益持續滑坡。

一個企業，如讓員工讀懂了規則之外的規則，就一定出問題。男子在結束故事前又加了一句：「既然總經理不能遵循規則，那只有更換總經理。」

董事長沉默了一晌說：「好，你被錄用了，就做我的助理，專門執行規則。」

男子上任第一天，就把王總降為部門經理。

宣佈任命的那天，王總吃了一驚，說：「你不是許林麼？早些年不是辭職自己開公司去了。」

許林微微一笑說：「正是自己開過公司，才知道規則的重要性。」

生存歷練

羅曆大學畢業後連續三年「考研」都失敗了。

他躲在家裡不出門，情緒很低落。娘急，就讓他小舅勸勸。他小舅大學畢業後經商多年，便說：「就讓羅曆跟我做生意吧。」

羅曆不屑，他小舅就說：「在美國費城有所最古老的中學，叫納爾遜中學，在這所學校的門口有兩尊雕像，左邊的是一隻鷹，右邊的是一匹馬，但這絕不是鵬程萬里和馬到成功。左邊的鷹是一隻死鷹，牠為了實現飛遍世界的偉大理想，苦練各種飛行本領，結果忘了學習覓食，牠是在征途的第四天餓死的。那匹馬也不是千里馬，是一匹被剝了皮的馬。這匹馬開始嫌第一個主人——一位磨坊主給活多，便乞求上帝把他換到農夫家；到了農夫家，他又嫌農夫給的飼料少；最後到了一位皮匠家，在那兒不幹活，飼料也多，可是沒幾天，他的皮就被剝了下來。」

羅曆沒吱聲，但心裡卻反駁：「我『考研』，就是為了學習生存的能力。」

他小舅知道他不服，扯開話題：「橋邊那幢小樓見了沒，我已把它租下來了。」

羅曆幽幽地說：「那可要好幾十萬元呢。」

他小舅說：「我知道，但我幾乎是未付分文租來的。」

這幢小樓是學校的閒屋，由於離本部太遠，不好利用。小舅便去找這幢房子的主人，他對校長說，自己想開設一個汽車銷售員培訓班，解決一批下崗人員，同時目前本市的銷售隊伍參差不齊，很需要規範和培訓，市場很大，雙方可以合辦，利益共用，具體由他牽頭。為便於工作，學校橋邊的那幢小樓是否可以租給他，價格要優惠，可否先不付訂金。

一切談得很順，小舅又到汽車生產廠家，說他有一幢很不錯的小樓，地理位置極佳，可以作為該廠的特約銷售點，可以給廠家免費放樣車，他還有一所學校，專門培訓汽車銷售人員，可以成為該廠的義務推銷員，但條件是該廠提供給他的車子必須比其他銷售點優惠百分之十，廠方一口答應了。

然後，小勇又跑到總工會，說他開了一所專門解決下崗工人的學校，在他們學校畢業的學生保證負責再就業，總工會是否有興趣參與進來？總工會很感興趣，說只要解決這些人的再就業，願意每培訓一人補貼一定費用，同時給予申請免稅。

最後，小舅跑到一家專門生產汽車輪胎的廠家，說了他小樓，他的汽車銷售中心、他的培訓學校，以及他所得到的市總工會的支持等。他說他可以讓他的「黃埔」弟子全面推銷他們生產的輪胎。廠長聽了很興奮，當即提出在他的小樓屋頂設置看板，每年至少投給他一百多萬廣告費。

小舅的運作很順利，一年以後他的公司已開得紅紅火火。接著，他就準備發展ＩＴ產業，他準備為汽車銷售搭建一個平臺，讓各種汽銷資訊通過網路進行傳遞。

小舅就問羅曆：「想不想負責網路這一攤？給你配個研究生當助手。」

羅曆聽了兀自笑起來，說：「舅，你的用心好毒！」

小舅說：「不不，我只是不希望你這匹馬跑到皮匠家去！」

天堂的法則

幾年前我與幾個朋友合夥做生意，那幾個朋友都算是文化人，文化人湊在一起做生意便會做出一些文化內涵來。當時我們是以出資入股的形式合夥，也沒什麼太多的講究，彼此講究一個「誠」字。董事長也是按出資的多少，自然產生的。

那個董事長姓吳，公司成立之初他就給我們講了一番話，話講得很有水準，期間還給我們講了一個故事，故事的大意是這樣的——

有人和上帝討論天堂和地獄的問題。上帝就領他們去實地考察：他們走進地獄，見一群人圍著一大鍋肉湯，但每個人都瘦骨伶仃，一臉餓相。因為他們每個人手中的湯勺都比手臂還長，以致他們無法把湯送進自己的嘴裡，只能望「湯」興僅。然後當他們來到天堂時，看見的卻是另一番景象，同樣的肉湯，同樣的長勺，但大家都身寬體胖，並快樂地唱著歌。那些考察者不禁奇怪：「為什麼地獄的人喝不到肉湯，而天堂的人能喝到肉湯？」上帝微笑著說：「很簡單，因為在天堂，每個人都會餵別人。」

吳董事長講到此便停住了故事，用他那雙極具蠱惑性小眼睛輪番看了我們一眼，非常真誠的說：「從這個故事我們不難看出，人與人之間那種相互依存的關係，尤其是像我們這樣的企業，我們每個人都應主動地用自己手中的長柄勺先餵飽對方，最後也讓自己得到實惠。我願我們這些兄弟都能生活在天堂裡。」

他的那番話曾讓我非常受用，我甚至在心裡感到了熱流的湧動。

在後來的生意中，我們就非常自覺地按著天堂法則去行事。因為我們當時做的是舊車生意，我們只借用公司的一個招牌，生意的接洽和成交都可獨立操作，無需通過公司帳戶。而且舊車的利潤空間很大，誘惑性也很大。但為了遵守天堂的法則，我們都如實把錢交還給了公司，我們只拿規定的工資，其餘的盈利都等待著年終的分紅。

然而出乎我們意料的是，吳董事長卻不停地在用公司的錢為自己武裝，從房子到車子，後來甚至還養了一個「小密」，躲進他的後花園去「甜蜜」了。眼看我們的年終分紅將化為烏有，於是我們便提出散夥，並要求他吐出公款。但他居然說：「吃進去的肉湯怎麼吐出來？再說這些湯是你們自願餵給我吃的，我既沒搶，也沒偷。」

我當時就火了，說：「那你怎麼就不餵給我們吃湯？」

他說：「因為我比你們聰明，我及時把勺的長柄給折斷了，所以我既能吃到你們餵給的湯，也能吃到自己的湯。」

我說：「這就是你的天堂法則？」

他說：「天堂法則是可以修改的。」

我一愣，但倏然間我明白了一個道理：「天堂不是一個完美的概念，天堂裡也有小人。」

同學譚力的低碳經歷

同學譚力要請大家吃飯，完全出乎我的意料。

他是窮山溝走出來的娃子，老娘為供他讀書，一直在城裡撿垃圾，現在咋了？發財了嗎？大學裡那幫同學感到特別好奇，聚會之前就開始相互尋問。

也許是出於好奇，這次同學聚會居然來了很多人。說實在的，譚力並沒有傳說中那樣富有，也許是他不想炫富，穿件平常的灰色夾克衫，普通的皮鞋，全身沒一樣是名牌的。還是那樣，憨厚的微笑中閃著捉摸不定的眼神。

他給同學們發名片，同學們便戲謔道：「撿到大元寶啦！」他朗聲大笑道：「真被你們說對了，我是撿到大元寶了！」

「真的呀！」同學們頓時一片嘩笑。

「真的！」譚力說得很肯定。

「繼承了你娘的衣缽？」一個同學問地非常刻薄。

譚力的表情頓時有點僵硬，但旋即坦然道：「對，我繼承了娘的衣缽，其實我娘希望我通過讀書來改變全家的命運。我做到了，讀書到碩士。但最後還是選擇了撿垃圾，但也恰是撿垃圾，改變了我的命運。」

場內頓時安靜下來，同學們顯得非常驚訝。

譚力掃視同學後笑說：「別這麼沉悶，別把撿垃圾看得這麼恐怖，其實垃圾就是沒被發覺的寶，你們就當我是撿寶。」

大家放下杯子開始聽他講故事，同學們也許真認為他就是在講故事。

「你們都知道的，大學時，我所學的專業是建築材料。」譚力繼續說，「讀研究生時，我所學的專業是工程預算。最終我把兩種知識結合起來，開了一家生物回收公司。」

「你乾脆就叫生物研究所吧，那才好聽呢。」同學繼續戲謔道。

「那不行，我只是回收別人扔掉的寶。」譚力說，「我第一次撿到大元寶，是在一堆建築垃圾中，我一下子就賺了十萬元。」

「那屋以前肯定住過大資本家吧？」同學們全都驚訝了。

譚力沒理會同學們的幽默，接著說：「我以極低的價格買下了這堆垃圾的清理權，因為我能預算出這堆垃圾中的含金量。比如一幢樓的鋼筋、磚塊及其他材料，都是可再利用的寶，利用之後的價值是多少，這就是專業的優勢。」

「你專做建築垃圾？」有人問。

「不，其他也做。而且有些垃圾的利潤更大，比如一些舊家電中的晶片，每噸所含黃金六百克。而我們化大力氣開採的金礦，有些礦石每噸所含黃金僅一至兩克。想想，這是不是一種浪費？」

譚力再次掃視飯桌同學，非常誠懇地說：「今天放在大家面前的碗筷，都是一次性再生材料製成的，都是我撿來的垃圾，但請大家放心，這些東西絕對衛生安全，希望大家吃好、吃飽。吃不完，請幫幫忙，帶回去，千萬不要浪費。」

同學們面面相覷，一時無語。

那一刻我有點喝醉了，舉著酒杯，湊近問：「譚力呀，聽說你老婆也是撿來的？」

譚力聽了一愣，居然滿臉驚訝地問：「你咋知道的？說起來我老婆還真是撿來的。」

此話一出，頓時雷倒了所有同學：「你編吧！你也太不靠譜了吧！」

「說來你們不信。」譚力掃視全場驚訝的目光，淡定地講道：「有天我在爛尾樓裡閒逛，其實也不能算是閒逛，我是聽說那樓要炸，便想估算一下它的價值，卻意外看見一個麻袋包，解開一看，竟然是個被捆綁的年輕女子。我頓時聯想到警匪片中一些情節，便不問由原將她救出，並馬上報了警。原來，那女子真是遭了綁架，我是意外救了她，之後她就自然而然成了我的老婆。」

哇，全場頓時驚呼起來。大家沒想到譚力竟有如此奇遇。

做個專職「旅行杯」

小莉當年也是過五關斬六將才進的這家名企。

最後一輪面試，由公司部經理親自操刀。總經理問最後剩下的那些精英：「現在你們面前有一些容器，如浴缸、臉盆、水壺、杯子等，試把自己想像成水，你們準備把水放進哪個容器？」

答案自然各不相同，但小莉回答說，她會把水放進一個「旅行杯」裡。總經理當時就眼睛一亮，不經意地點了點頭，這個點頭便決定了小莉的命運。

面試後，總經理說，有些人自視其高，以為自己這點水能灌滿整個浴缸，其實他只濕了浴缸的底部，有些人對自己的評價很是恰當，但卻過於呆板，只有小莉的考慮最為縝密，卻又不失靈活。旅行杯攜帶方便，想喝水就喝水，想放下就放下，不張揚，又恰如其分地體現了自身價值。

於是，小莉便順理成章地進了這家公司，做總經理秘書，發揮她「旅行杯」的作用。

其實，在這家公司的管理團隊中，比小莉強的人比比皆是。例如小張吧，文筆極好，寫彙報總結、會議紀要、可行性分析，甚至為領導代寫碩士論文、博士論文都是手到擒來，毫不含糊給；又如小王，辦事縝密，策劃有緒，協調有方，執行力強。小莉似乎什麼都不會幹，但她會能總經理的生活安排得妥妥貼貼，她見領導就倒水，見客人就微笑，唱卡拉ＯＫ或跳舞沒她就冷場。她不張揚，不傳話，不以勢壓人，又善於團結左右同事。

小莉不久入了黨，升了主管。小莉請同事們小聚，給他們敬酒，還非常誠懇地說：「你們都是我大哥，小妹有啥不到位的，請多擔待。」她拉小張唱歌，把那聲「親哥哥呀」唱得特別動情；她請小王跳舞，把溫柔的資訊傳遞得特別到位。她暗地裡跟她的小姐妹說：「我不跟人爭所長，只跟人爭所短。」小莉沒錯，她是「旅行杯」，她體現了旅行杯的價值。

當小莉再吃請同事吃飯時，她已升為辦公室主任。她給小張敬酒，說：「大哥，你是我們公司一支筆，離了我，公司照轉。但離了你，公司會感冒兩天。」然後她又摟著小王跳舞，邊跳邊輕聲說：「大哥，小妹能走到今天，全仰仗你的支持，你的能力遠在我之上，但領導出門喜歡帶個旅行杯，我就是那個旅行杯，小妹就這點能耐。」

總經理換了一茬又一茬，開始總會有些異議，說小莉是誰誰的心腹，此人用不得。但總經理總要喝水，喝著喝著，就又覺得小莉用來特別方便，特別順手。於是小莉就成了不倒翁。再後來，小莉升任一家投資企業公司的副總經理，兼紀委書記。

有一段時間，小莉似乎遁出了大家的視野，但不久卻聽說小莉改行了。她到一家高職學校去做老師了，專授「做好領導的旅行杯」。

同事們都有些茫然，說：「是杯子，總要濕掉，急流勇退是一種智慧。」還有說：「把一種生存智慧傳授給人，是一種善行。」也有說：「不進學校，就該進牢了，誰知道呢。」

做個玩家又如何

女兒第一次說起小邵，非常小心翼翼：「我有一位同學很搞笑，他說將來想當一個玩家。」

父親頓時警惕起來：「什麼玩家？還有這種職業？」

女兒馬上解釋：「小邵是我同學，一位非常聰明的帥哥，不屑應試教育，整天玩魔獸世界，不料還玩成了全國冠軍。他說他將來要做個玩家。」

父親一臉的茫然：「笑話，玩電腦也能玩出專家來，現在的世道，讀書是立足之本，沒有一張文憑，吃飯都難！」

「那也不見得？姚明讀書怎樣？丁俊暉又怎樣。」

「什麼話，他是姚明，是丁俊暉？」父親的人生邏輯與女兒大相徑庭，「玩能玩出光明前途來？」

「為什麼不能，體育運動說到底就是一種遊戲，是一種玩，與玩電腦沒有本質的區別。」

「對，我承認，體育是一種遊戲，但不管是籃球還是檯球，已被主流世界所接受，它已變成一種職業，一種謀生方式，玩電腦遊戲能成為一種謀生方式嗎？」

女兒沒吱聲，心想：「在這個多元世界，成功常常出人意料，誰知道呢。」

之後，女兒與小邵的戀愛便有些猶豫不決。儘管小邵每月的收入不低，他經常受邀參加各類遊戲比賽，贊助商出錢不低，且桌面遊戲被升級後便可高價出售。但那是傳統意義上的經濟來源嗎？

那天小邵打電話約女兒，說：「我們一起看球賽？」

女兒喜歡足球，但鄙視中國足球。

小邵說：「他能讓中國隊完勝巴西隊。」

女兒不信，但還是去了。

小邵說，為了徹底改變中國隊「人見人滅的面瓜狀態」，他將透過電腦來刷新歷史。然後，他開始操刀中國隊。他先以凌厲的南斯拉夫風格在外圍賽中大勝韓國，一舉克服恐韓痼疾，然後一路挺進巴黎，大戰世界盃。遊戲中的中國隊儘管是一支速度較慢且體能較差的球隊，但在小邵的操作下，居然打得行雲流水，一路狂飆猛進，最後竟以二比〇小勝巴西隊。在整個比賽中，郝海東居然踢進了二十八個球，成為最佳射手。

女兒大喜，說：「這才揚眉吐氣！」

小邵說：「這就是電腦的魔力，你能按自己的想法去改變這個世界，那怕僅僅是個夢。」

之後，小邵根據自己對中國甲A聯賽的多年心得，以曼聯教練的身分給球隊制訂了一條隊規，全體球員每天必須跑十萬米，先把體能練上去。結果貝克漢跑得尿血了，不能上場比賽，也不予轉會，結果自然是剝奪參賽資格，連替補都不准。

女兒勾住小邵的脖子，大喊：「痛快，痛快無比！」

小邵趁機親吻了她。

從此，女兒與小邵的戀愛一路狂奔，最終到了無法收拾的地步。此時，父親才知電腦的厲害，便對女兒說：「婚姻是你們自己的事，只要你過得幸福，我只能祝福啦。」

父親說得酸酸的，女兒也明白，安慰父親說：「你別擔心，小邵好著呢，他已被一家電腦遊戲開發公司聘為網路維護工程師，工資比我高。」

「他沒讀過大學，怎麼就當工程師啦？」父親有些疑惑。

「他的工作就是專門尋找遊戲的漏洞，然後完善之。這是大學學不到的呀。」

「還有這等好事？真成玩家啦。」父親拍拍女兒的頭，笑意從他的眼角蕩開去，慢慢形成微微的漣漪。

共振

陳虹最初接觸到「共振」這個詞是在二十幾年前，那時她剛進單位，由於工作表現好，領導有意培養她當「工人醫生」，她是在課堂上學習「眩暈」一節時，弄懂了「共振」。她記得老師講過：「有一列士兵，踩著鏗鏘有力的步伐，接受長官的檢閱。在經過一座剛造好的大橋時，由於士兵們整齊劃一的步伐所產生的振動恰好與大橋的振頻一致，產生共振，大橋便轟然倒塌了。在臨床案例中，我們常可遇到這樣的事，如一個人乘車，他在乘坐劇烈顛簸的汽車時，往往並不發生暈車，反而是在乘坐高級轎車時才產生了暈車，這是為什麼呢？這就是人體內的固有平衡振頻與外界的振頻產生共振所致。這些人對某個區域的振動特別敏感，從而造成耳朵半規管的興奮不對稱……」

陳虹後來考上了大學，改行當了會計。她又一次接觸到「共振」一詞是在進了一家看似極為優秀的企業後。那家企業很注重企業文化的塑造，重視員工培訓。在一次上培訓課時，老師又一次說到「共振」，仍列舉士兵過橋的故事。他說：「當這列士兵湧向大橋時，大橋並未出現異樣，大橋穩穩當當地聳立在那裡，因為那時士兵的步伐是凌亂的，振動頻率是分散的；而當他們正式進入檢閱時，整齊的步伐產生了合力，敲打出了同一個頻率，從而和大橋產生共振，使大橋轟然倒塌。所以一家企業只有形成合力，形成團隊精神，才能產生威力無比的震懾力，才能無往而不勝。」

陳虹那時是很受啟發的，對於「共振」所衍生出來的內涵和派生出來的新意極為振奮。她想好好幹，幹點名堂出來。

但當她再次接觸到「共振」一詞時，卻在一種完全不同的心境下。那時她陷入了深深的困惑之中。隨著企業的不斷「做大」、總經理腰圍的增粗，她漸漸意識到總經理說的和做的名不符實。企業越來越大，但她的帳卻越做越虛。企業明盈實虧，但總經理卻不時地讓她把無法入帳的款項以各種名義進賬。儘管總經理對她很好，但她無法違心地做假賬；她無法承受明知是犯罪卻還要犯罪的心理壓力；她也無法發揚這種「團隊精神」。陳虹曾多次提出辭職，都被老總拒絕了，因為陳虹知道太多的機密。如果她一意孤行，定要辭職，那後果將對她極為不利。

當陳虹將這些苦惱吐露給好友敏時，敏再一次給她講了士兵過橋的故事。她說：「會計是個敏感職業，該行業中有一個約定俗成的行規，那就是忠於自己的老闆。這是個敏感點，也是行業的共同振頻區，誰碰誰『暈車』，因為沒有人會用一個出賣自己老闆的會計。你今年已四十七歲，還有幾年可混？！在這個問題上你是那座橋，而經理們是橋上的士兵，你何苦自找戰場，弄得風聲鶴唳；何苦去觸動那根弦，進入那個共振區，而塌掉自己呢？」

陳虹說：「我不做橋，又能做什麼？我問心有愧呀！」

敏說：「你為啥要做大橋，不做士兵？做士兵跟在別人後面一起踩過去嘛。」

陳虹說：「大橋塌了，士兵還能活嗎？」

敏說：「大橋塌了，是百分之百的毀掉，而士兵入海卻未必個個都死。」

陳虹在做橋與做士兵之間久久不決。但她後來隱隱約約記起學醫時老師講過：「防止共振的方法，只要改變可能產生共振的頻率。」這種聯想，使陳虹突然有了主意：「為何不改變原有的『頻率』呢？讓一切都在自然狀態下發生。」陳虹覺得自己好傻，她甚至有點興奮。

陳虹向電話走去。

陳虹的總經理後來在與別人的一次權力鬥爭中暴露了自己，而鋃鐺入獄。

陳虹毫髮無損。

星空燦爛

萬洪直到半夜兩點才入睡，早上七點剛過鬧鐘就把他吵醒。還沒睡透，全身上下還包裹著沉沉的疲憊，他不得不一躍而起，就像電腦設定好的程式，按部就班地進入新一天的運轉。

洗漱，吃早點，駕車一班，在車上把一天要做的工作完整地梳理一遍，八點準時到崗，瀏覽傳真，翻閱昨天的客戶回饋資訊，再把所有資訊輸入電腦庫，並整理出當天需要訪問的客戶，然後把約好的客戶重新用電話確認一遍，準備好協議，客戶如期而至，談判，協商，簽約。一切做完之後，早過了午餐時間。

飯後，緊接著做客戶開發方案，然後用電話拜訪老客戶，並約定晚上的活動時間、地點……等。

工作就像上了發條的時鐘，沒有喘息，沒有鬆弛的時間。儘管職位的攀升，工作收入在上升，但萬洪的健康卻每況愈下。也許是緊張的工作節奏，也許是城市空氣的污染，他每天需連用兩次定喘噴霧器。

晚上陪客人喝完酒，他的哮喘又一次加劇，他沒法開車，又不能讓客人送，便獨自走回家。老婆打他手機，問他：「都十二點了，還想不想回家，又到哪裡去了，是不是還有一道點心沒吃完呀？」他回說：「我喘得快喪失一切功能了，正爬著回家呢。」

在安靜的城市中心綠地，他一屁股坐在長椅上，嗅了嗅清新的空氣，又用手使勁搓搓臉，然後把頭擱在椅背上，以一種仰望的姿態看著天空。他突然發覺夜晚的星空特別燦爛。天很乾淨，星星明亮無比；他認出了大熊星座，仙女座；他放肆地用手挖著鼻孔，愜意走進了回憶的長廊：「童年的許多個夏夜，那些數著星星的夏夜，講鬼故事的夏夜。」這樣仰視了很久，他覺得胸不再悶，氣不再喘。他深深吸了口氣後，閃電般有一種感悟撞擊著他的心頭：「生活不該只有忙碌，只有高薪，只有緊張拚搏。生活應該有另一種狀態，應該有星空，有過濾了浮躁之後的恬靜，有一份悠閒的心境，一方可以感受生命的空間。在生命的組合中，因為有空星的存在，日子才會燦爛……」

萬洪正漫無邊際地神遊著，手機突然響起，他打開手機，心不在焉地問：「誰？」

「你在哪裡夜遊，還不回家？」老婆又一次打來電話。

「夜遊？不，我在聽故事，聽神話故事。」萬洪飄渺地回答。

驗車

李勇接到女友電話時，還在床上睡著。

「你煩不煩，這麼早，不能讓人作完夢嗎？」

「還早？別忘了年檢，否則出不了道口，晚上還要去蟹城。」

李勇一個激靈：「唷，這麼重要的事給忘了，車輛年檢的截止日已剩最後一天了。」

李勇趕到檢測站時，已臨近中午吃飯，還好檢測站人不多。他剛把車停穩，就有一位師傅拿著單子在他車的左右上下張望，並刷刷地在檢測單上打了許多勾。

李勇第一次年檢，心裡一時沒底，不知打勾意味著什麼，便掏出香煙遞上去，說：「我這車還新著呢，沒啥問題。」

師傅瞅他一眼，接過香煙說：「到這裡驗車，就不新了。」邊說邊從旁邊的鐵皮箱裡拿出一包螺絲說：「你車牌的螺絲不符合規範，要重新安裝統一的螺絲，來，一包二十元。」不等李勇回話，他蹲下身子，三下五除二卸下李勇在車管所上牌時安裝上去的螺絲。

李勇看著那些鋥亮的螺絲，顯得有些茫然。

算了，花點小錢，能快點結束也值。他沒吱聲，看著師傅把車子開上檢測線。五分鐘之後檢測報告出來了：「剎車、手剎制動力分別只有百分之三十。」

李勇嚇了一跳，不可能吧，天天開著這車上下班，剎車好好的，如果只有百分之三十的剎車制動力，豈不成了馬路殺手？

「師傅，會不會搞錯呀？」李勇疑惑地看著檢測師傅。

「人會搞錯，檢測儀也會搞錯？你的車不僅剎車有問題，輪胎定位也有問題。」

「啥問題啊？」李勇嚇出一身冷汗。

師傅冷冷看他一眼說「跑偏，還有，你車燈的照射位置也不對，需要調整。」

不會吧？李勇暗自慶幸：「真是好運氣呀，開著疾病一身的車子，居然天天平安。」

師傅遞過來一張單子，分別將檢測不合格的地方和維修付費標準，一一詳列清楚了，總計費用兩百五十元。然後師傅用語焉不詳的表情看著李勇說：「在這裡修呢，馬上就能拿到結果，到外面修也可以，但修完後必須重新上檢測線，直到檢測結果合格為止。」

李勇急了，下午還要去蟹城，再去4S店修車肯定來不及，而且外面修的車子難保能夠一次通過。

「得得，咱不折騰了，只是費用怎麼恰好是二百五呢？師傅，你這費用能不能減減。」

師傅接過單子一瞅，嘴角閃過一絲淺笑，說：「那就再加十元，送你一份免費客飯。你先吃飯，車子修好了我會叫你。」

李勇吃飯吃到一半，女友的電話又打來了，問他啥時能完事，咋這麼磨蹭，還去不去蟹城了。

李勇想解釋，女友不聽，說：「我只看結果，不需要知道過程。」

李勇說：「我馬上去催，馬上去。」李勇放下碗，再次繞檢測站巡看，卻怎麼也找不到自己的車子，火氣頓時衝了上來「切！玩我呀，找他們去！」但返身的瞬間，他突然看見自己的車就停在食堂旁邊，沒進修理場，也沒見維修師傅的蹤影，周圍也沒見放置任何維修工具。

「沒修呀，那到啥時能修好？不行，還得找他們。」他的火氣上下幾個來回後，已整裝待發。但就在這時，手機響了。師傅告訴他，車已修好，可以付款領證了。他一愣，卻也恍然大悟，原來是被潛規則了，心想：「白急了一回，早知如此，還不如直接一點，無端立了半天的牌坊，累不累呀。」

付完款，領完證，李勇的心情好了許多。他上車啟動，放開剎車就走，出門時，覺得底盤被啥東西蹭了一下，也沒在意，繼續開車，女友那邊又催了，不能再耽擱。

一路還算順利，站在路邊的女友也看見了，他輕輕踩下剎車，卻突然感覺剎車沒了，他嚇了一跳，神經頓時緊張起來，剎車怎麼啦，驗車前還是好好的！難道剎車管蹭破了？女友就在跟前了，剎車呀，咋剎不住……

孔乙己新傳

孔乙己重新出現在魯鎮咸亨酒店時，是在一九九六年的深秋。

那年他在魯鎮消失，別人都以為他死了。其實他是被外星人擄去了，待他再被送還時，仍是穿著長衫，臉色青白，皺紋間傷痕尚未退卻，亂蓬蓬的鬍鬚，像雜草一般。

只是今日的魯鎮已然不是往日模樣，豪華的建築，鱗次櫛比，咸亨酒店依然聳立，卻是朱欄玉戶，畫棟雕樑，其富麗堂皇之氣象令孔乙己驚訝不已。他惶惶地挨著門邊想進去瞅瞅，猛然看見門邊站著兩名身著旗袍的粉黛女子，婀婀婷婷，笑模盈盈。

孔乙己有些膽怯了，他期期艾艾道：「尚可溫碗酒否？」

女子倏然一聲驚呼，倒退半步：「你，你？……」

孔乙己頹唐地說：「還欠著十九個錢，下回還清罷，這一回……」他的聲音微弱下去，手足無措地摸遍口袋，也不見摸出一文錢來，便紅了臉道：「還欠一回罷，下回定然還清。」

禮儀小姐適才回過神來，自然，她們均把孔乙己當成了叫花子，便驟然變色道：「去去，到別處要飯！」

孔乙己搖頭歎氣，滿口之乎者也，把兩位小姐說得一愣一愣。

孔乙己退至店門外，雙目打量四周，居然還有兩家酒店均打著他的名頭，赫然寫著「孔乙己酒店」。

他被惹惱了，心想：「我孔乙己再窮，也不能隨著你們喚來呼去，隨隨便便擺放吧，讀書人也是要面子的。」他如是想著便衝進一家酒店，大呼小叫起來：「掌櫃的，掌櫃的，請出來說話。」

老闆是個年輕後生，深知和氣生財，客氣道：「先生，有何見教？」

孔乙己直了直身子道：「你何以用我的名頭開店？」

老闆疑惑地打量他：「此話怎講？」

孔乙己用手敲了敲店牌：「孔乙己就是我，我就是孔乙己。你不經本人同意，怎可盜用我名？」

老闆一愣，旋即道：「孔乙己不是有句名言叫『竊書不算偷』。我們師承祖訓，盜名自然也不算偷了。」

老闆隨便一句幽默話，便把孔乙己說得理屈詞窮。

「我……」孔乙己心想：「我只是想再欠回酒錢罷了，你何必揭我短呢。」

老闆盯著孔乙己看了半天，突然像發現新大陸一般：「你說，你就是孔乙己，你當真是孔乙己，果然是孔乙己？看著倒也有幾分相似，卻不管是真是假，我現在就聘你為我店員工如何，每天只要坐在門口，溫碗老酒，就著一碟茴香豆……」

「可否欠著酒錢？」

「不用你付酒錢，儘管喝夠。另外還給你一千元工資。」

「有這等好事？」孔乙己無法相信自己的耳朵，表情極為困惑。

老闆見他遲疑，隨即加碼：「再加五百元如何？」

孔乙己一下子紅了臉，猛然高聲喊道：「給我溫碗酒來！」

那一刻，數十年的鬱氣全部被吐了出來。

老實人

王工是六十年代畢業的大學生，一輩子老實巴交的，見誰都面帶幾分憨厚的笑，寇里有什麼髒活重活總是搶著幹，於是大家選他當了個工會組長。他便顛顛地搶著去泡開水、打掃衛生、發電影票，很像那麼一回事。到年底，大家便評他個工會積極分子，他還要紅著臉推卻一番。最後自然是非他莫屬。於是，旁人便說：「老實人到底不吃虧！」

後來就有些變化，寇里的同事開始熱衷於搞聯營、外協、開訂貨會、採購設備，他還是不聲不響地幹他該幹的事。老實人也終於和「憨」畫上了等號，再沒人理會他。

一次，外協單位發來一張請帖，科長一時抽不出空，便叫他代勞一下，他很樂意地去了。飯畢，那單位給每人發了一張百元禮券。王工便像做了虧心事似的不安起來，手執禮券竟一夜未眠。第二天他忐忑不安地將其交給了科長。科長先是一愣，繼而用一種疑惑的目光打量他，旋即，科長的臉上勉強擠出一絲笑，客氣地說：「放著吧。」王工才長長地吐了口氣。

不久，王工便成了多餘的人，被宣佈下崗。

王工惶惶終日，為生計發起愁來。老婆怨他，兒子瞧不起他，但又不忍心見他整日愁眉不展的樣子，便托朋友另給介紹了一份工作。當然，按用人單位的規定，面試過個場，還是需要的。但王工卻連過場都不會，他不懂得包裝自己。

那天面試，人事經理跟他談話，總經理正好也在場。人事經理有意幫他，正兒八經地翻著他的學歷證、職稱證說：「噢，是個老工程技術人員嘛？」

王工乾巴巴地說：「哪裡，哪裡。」

那人又說：「鈑金方面還熟吧？」那其實是句暗示。因為該單位正好需要招一名懂鈑金的工程師。

但王工卻老實老實巴交地說：「唔，不太熟，我一向是搞機械的。」

其實他完全可以含糊其詞地搪塞過去，再說機械和鈑金本是相關專業，他卻丁是丁，卯是卯，非要涇渭分明認個死理。結果，自然是吹了。

沒法子，後經人介紹到一家工廠去做門衛。王工淡淡地有點失落，他還是去了，且幹得很認真。保衛科長關照：「夜班每小時要全廠巡邏一遍。」他便按時按刻去巡邏。科長說：「發現問題要詳細做記錄。」他便像寫學術論文似的，一字不落地記。同事們對他便頗有微詞，他們以前從不夜巡，王工現在這麼幹，不是存心跟他們過不去？連其他部門也開始怨恨起他來。試想，以前忘了關門、熄燈什麼的，從來沒人過問，現在王工樣樣都記錄在案，不是令他們難堪？於是，處處找他的岔。

月末，保衛科長找他談話，很抱歉地對他說：「由於單位冗員過多，考慮內部消化，故對外聘人員不得不壓縮。」

王工呆了一陣，說：「沒事，今晚我還有最後一個班。」

保衛科長打斷他說：「今晚就算了，我會另外安排人，工資我們照付。」

王工固執地說：「客氣了，還是讓我做完最後這一班吧。不為別的，只為問心無愧！」

保衛科長笑笑，又語焉不詳地拍了拍他的肩，未置一詞走了。

這夜，王工照常夜巡。這夜，王工意外撞上了賊。

賊從窗戶跳出來時，被他看見，他毫不猶豫地衝上去扭住那賊，卻不料被盜賊反身連捅了四刀。王工連聲喊都未及發出，便倒於血泊中了。

老實人幹了最後一件老實事，便悄然離開了這個世界。

送你一份銳氣

左宗棠大人就要出發了，他這次的使命是收復新疆。

大人運籌停當，忙完手中雜事後，便微服私訪於街市。街市平靜如常，只是太陽有些耀眼，大人用左手擋在額頭瞅了一眼太陽，心裡突然冒出一句：「如日中天。」這句成語在他心裡拐了個彎，又兀自閃現在他不經意的笑中。

這時，他看見沿街高懸著的一塊匾，匾上寫著「天下第一棋手」六個字，匾下坐著一位老人，老人以一種「本來無一物」的姿態，平靜地打量著來往行人。

風不動，幡也不動。

左大人暗自竊笑：「好大的口氣，不知天外有天？」左大人棋藝之高超，是眾所周知的。是故，大人很想給這位老人增長一點見識，讓他知道活到老學到老的道理。於是左大人就上去挑戰。

棋子下得並無多少懸念，三盤棋下來，老人滿盤皆輸。臨行，左大人瞅了老人一眼，一切均在不言之中。

老人哈哈一笑說：「先生如日中天，銳不可擋啊。」然後，轉身把匾額取了下來。

左大人果真銳不可擋，他棋場得意，戰場更得意，出師新疆不久，便凱旋而歸。

回來後，他又私訪老人。只見老人的門前仍掛著那塊「天下第一棋手」的匾額。他大為不悅，說：「這麼又掛上了，難道還不服輸？」

老人手捋白鬚暢笑道：「君不聞『士別三日當刮目相看』？」

「說得好，」左大人說，「那就再殺三盤如何？」

老人早就擺好棋盤，做了一個先請的手式。

出人意料的是，這次連下三盤，左大人三盤皆輸。

左大人不解，問：「老人家，你這麼換了個人似的？」

老人朗笑道：「左大人，其實你上次來我就認出了你，知你遠征新疆，深怕挫傷你的銳氣，故而以『道』會友；現在戰事已息，左大人勝利歸來，再與你探討，就僅限於棋藝了。」

左大人一愣，旋即悚然起敬，對其深深作揖說：「謝你送我的銳氣，難得，難得啊。」

那一刻，左大人又不經意地瞅了一眼天色，那天正好是個烏日頭，太陽隱而不發。

打折

這是一家小有名氣的麵包店，每天都有許多人光顧。這裡既有外賣也有堂吃。尤其是到了下午六點以後，這裡會一下子湧來許多顧客，門外會排起長長的隊伍。因為下午六點以後，這裡的所有麵包全都八折出售，哪怕是剛出爐的麵包。

與往常一樣，我照例也是在這個時候去這家麵包店，和他人一樣排著隊。這時，來了一位中年婦女，滿臉的疲憊，但又不失職業女性的那種成熟和矜持。她進門後，直奔內台問一位閒著的小姐：「這裡有沒有不打折的麵包出售？」

那位小姐一愣，但隨即和顏悅色道：「六點以後，我們全部八折出售，小姐你可以買到更便宜的。」

那位女士固執地說：「小姐我就要不打折的，有嗎？」

售貨小姐很尷尬，小聲嘀咕道：「東西一樣的，便宜不好嗎？」

女士仍然堅持道：「我就要不打折的。」

一邊排隊的顧客不耐煩了：「這女人有毛病。」

「就是，精神病！」

女士對這些罵聲聽而不聞，依然堅守著自己信念：「我就要不打折的，既然東西一樣，你就按全價賣給我吧。」

售貨小姐滿臉困惑道：「不行的，我們這裡有規定，過了六點只能打八折出售。」

女士幾乎是懇求道：「我很餓了，就想在這裡休息，吃點東西。但我不要打折。」女士說完話，顯得極為沮喪，一屁股坐在內堂的餐椅上。

這時，有位風度翩翩的男子出來打圓場說：「小姐，這裡的飲料不打折，你可以來杯飲料。」

女士投去感激的一瞥，欣然要了一杯飲料。男子也要了一杯，顯然，男子對她極為好奇。

當男子與女士面對面坐下時，女子突然發話：「也許我太情緒化了，我不該在這裡發洩。」

男子用一種鼓勵的目光盯著她。

女士在他目光的鼓勵下，繼續道：「上午我去一家單位面試，各項條件都符合他們的要求，就是年齡偏大了，所以工資要往下降。我說，年齡大了就要打折？主考官說，你要這麼理解也未嘗不可，市場規律如此。」

女士說到這裡情緒更為激動：「我就不認這個理，東西可以打折，人也可以打折嗎？尊嚴也可以打折嗎？難道成熟和經驗不是一種資本嗎？你看這家麵包店，他們的服務理念就有問題。」

男子微微一笑說：「你說得沒錯，但我們最終都不得不重新去選擇一杯飲料。」

女士會意而無奈地一笑：「謝謝，謝謝你的飲料理論。」

「飲料真是唯一選擇嗎？」女士站起身來，心裡依然疑惑。

殺人

母親節的一天，五歲的敏敏哭喪著臉對媽說：「今天本想送您一件禮物，但現在飛掉了。」

「怎麼會？」

「上午做遊戲，老師讓我們在一個魔袋裡取出一隻乒乓球，並許個心願，誰把心願許得最好，就有獎。媽，我本想許個按摩器給你敲背。」

母親感動地說：「真是好孩子，謝謝你。」

「不！」孩子噙著淚說，「老師說我錯了。」

「怎麼錯了？」

「老師說，標準答案是從知識的魔袋中汲取營養。」

「這也有標準答案？」母親驚愕片刻後吼道：「這也是一種殺人！」

給他最後一片樹葉

陳敏接到朋友曉曉打來的一個電話，曉曉在電話裡告訴陳敏，她的兒子，一向挺乖的，臨近高考了，這天突然跑回家捂著被子大哭，還不時把頭對著牆壁亂撞，從早到晚滴水不進，還口口聲聲嚷著：「完了！」也不準備參加高考了。一問才知道，原來兒子是失戀了。人都沒長相，居然為個女孩要自毀前程，家裡為此已天崩地裂了。她請陳敏無論如何幫她想想辦法，否則她也要崩潰了。

陳敏趕去了，當她第叫艮見到曉曉的兒子時，脫口第一句話就說：「好可愛的一個男孩！」

陳敏的讚美是發自肺腑的，男孩知道陳敏是誰：媽的朋友，一個大學心理學老師。但他毫不買帳，扭身說：「我知道你是誰，你不用誇我，沒用的！」

「小赤佬！」曉曉衝了進來，「你在跟誰說話？」

陳敏趕緊拉開曉曉說：「能不能讓我單獨和他談談？」

曉曉順從地退了出去。

陳敏隨手帶上房門，轉身道：「我是由衷的，因為在如今這個世道還有如此純情的男孩，不多。」

男孩神色有所緩和，但他依然咄咄逼人：「你不反對中學生戀愛？」

陳敏沒有正面回答，只是巧妙地迂迴道：「戀愛是一種衝動，沒有理由可講，也不是誰能反對就能反對得了的。但最終要講一個緣字。」

一說到這個緣字，男孩激動起來：「陳阿姨，難道我和她就沒有緣嗎？」於是男孩就說起了他的戀愛故事。

男孩和女孩其實已經相好了很長一段時間，女孩，大約是在四個月前，突然提出要和男孩分手的，理由是怕影響各自的高考。男孩儘管痛苦，但還能忍受。因為女孩的理由正當，不容置疑。但就在前幾天女孩突然和另一個男孩好上了，這個男孩遠不如他。這讓他無法容忍，昨天他冒著傾盆大雨在女孩的家門口等了她兩個小時，好不容易等她出來，問她為什麼拋棄他？他哪點不如那個男孩？女孩居然輕描淡寫地說：「因為和他在一起沒有感覺，而和那個男孩就有。」就這麼輕輕一句話，把他準備好的「十萬個為什麼」擊得支離破碎了，他的精神也因此全垮了。

陳敏面對男孩的滿臉沮喪說：「振奮一點，既然你已經戀愛過，那麼從現在起你已不是男孩，而是個男人了。作為男人我想給你幾句忠告，不知你願不願聽？」

男孩非常肯定地點了點頭。

陳敏說：「一、如果這是你的初戀，請你好好珍藏；二、作為男人你應該對自己的行為負責，應該有點責任心；三、再給自己一次機會。」

男孩滿臉的困惑。

陳敏說：「聽阿姨慢慢給你講。假如你現在自暴自棄，那麼你初戀就不再美好；假如你現在自暴自棄，不僅對這個家不負責任，也是對自己不負責任，這不像個男人；第三點最重要，假如你現在自暴自棄，你就等於把所有的機會讓給了別人，你不讀大學了，就不可能和女孩繼續在同一條起跑線上，這對你不公平。所以阿姨非常真誠地希望你給自己一次機會。」

男孩頓時振奮了起來：「阿姨，你是讓我繼續追她？」

「為什麼不？」陳敏伸出手和男孩的手對擊了一下。

繼之，他們所討論的話題，就是如何來用好剩餘的一個多月時間，把課程抓上去。但男孩讓陳敏不要告訴他媽。因為這是他們兩個人的秘密。

以後的一些日子裡，奇蹟出現了。男孩特別用功，男孩老說要記住陳阿姨的一句話。他媽很奇怪，究竟是什麼話能對兒子產生這麼大的魅力？曉曉幾次打電話問陳敏究竟對他說了句什麼話？陳敏沒說，但最終被她纏得不行，只能如實相告，其實她什麼也沒說，只是讓他繼續追那女孩。

曉曉聽後嚇了一跳：「什麼？讓他繼續追，我用你去說嗎？」

陳敏說：「難道你不讓他追，他還能繼續考完大學嗎？你不讓他追就能改變一種既定的事實嗎？你不讓他追，就能使他順利度過失戀的嚴冬嗎？唯有讓他繼續追，他窗前的那片樹葉才不會被寒風刮掉。他才有可能熬過冬天，迎來春天，最終時間會改變一切。」

幾個月後，當陳敏正在給企業經理上現代管理課，正在告訴他們如何用暗示來激勵受到挫折的員工、給他們最後一片樹葉時。突然接到曉曉打來的電話說：「我兒子考上大學了！」

推理

一

在美國農村有這麼一個老頭，他有三個兒子，二個兒子都在城裡工作，身邊只有一個小兒子相依為命。

一天，有個人突然來找他，對他說：「尊敬的老人家，我想把你的兒子帶到城裡去工作。」

老人氣憤地說：「不行，絕對不行，你滾出去吧！」

這個人說：「如果我在城裡給你的兒子找個對象，行嗎？」

老頭仍然搖頭說：「不行，快滾出去吧！」

這個人又說：「這是給你兒子找對象，也就是你未來的兒媳婦，她可是洛克菲勒的女兒？」

老頭想了又想，最後是兒子要當美國石油大王洛克菲勒的女婿這件事打動了他。

過了幾天，這個人又找到洛克菲勒，對他說：「尊敬的洛克菲勒先生，我想給你女兒找個對象？」

洛克菲勒說：「快滾出去吧！」

這個人又說：「如果我給你女兒找的對象，也就你未來的女婿是世界銀行的副總裁呢？」

洛克菲勒略加思索便同意了。

又過了幾天，這個人找到世界銀行總裁，對他說：「尊敬的總裁先生，你應該馬上任命一個副總裁！」

總裁先生滿臉疑惑地說：「不可能，這裡有這麼多副總裁，我為什麼要任命一個副總裁呢？還必須馬上？」

這個人說：「如果你任命的這個副總裁是洛克菲勒的女婿呢？」

總裁先生當然也同意了。

二

這件事被警官高頓知道了，他覺得不可思議，便也去找了這個農村老頭，說：「尊敬的老人家，聽說你的兒子是洛克菲勒的女婿？」

老人不耐煩地說：「有什麼可疑嗎？警官先生。」

警官說：「這是什麼時候的事？你可能上當。」

老人說：「這是三月二十五日的事，那天來了個人，可你有什麼證據？」

警官說：「證據會有的，你耐心點。」

然後，警官又找到了洛克菲勒，說：「尊敬的洛克菲勒先生，聽說你的女婿是世界銀行副總裁，這事可能有詐，我想知道這是哪天的事？」

洛克菲勒說：「這不會有錯，但我可以坦率地告訴你，這是四月五日的事，那天來了個人，……。但事後我去調查過。」

警官說：「請你耐心點，我會給你證據。」

接著，警官找到了世界銀行的總裁，說：「總裁先生，聽說你有一個副總裁是洛克菲勒的女婿？」

總裁先生說：「他好像沒有什麼不良記錄。」

警官說：「這是哪天的事?這裡疑問甚多，請你回憶一下?」

總裁先生說：「這是四月十八日的事，那天來了個人，……」

警官說：「謝謝合作，我會為今天的打擾給你一個滿意的解釋。」

幾天後，警官分別給這三個人發了一封函，把整件事情的前後順序詳細地羅列了一遍，道：「尊敬的先生，您該不失起碼的推理能力吧？你們都將虛擬的事件提前兌現了。」

三個人讀完信後都說了同樣一句話：「這是個騙局！」

輯五

愛情魔方

那個夏天的風

若蘭常會想起那個夏天，那個沒風沒雨的夏天，四周熔爐一般的熱辣，稍一動彈，汗就刷刷地掛。

午後，若蘭在打醬油的途中，遇見同學夏磊，他們中學剛畢業，在等待分配工作。夏磊說：「打醬油啊，去我家坐坐。」若蘭有點猶豫，她吃不準夏磊是客套？還是真心實意邀請？夏磊看她一眼，再次說：「沒事的，我們家有風扇，很涼快。」若蘭聽了心裡一動。夏磊住在淮海坊，若蘭很想去淮海坊看看，她一直很羨慕住在那裡的人。

若蘭清楚記得，夏磊家的風扇是美國「奇異牌」的，風扇材料很講究，扇葉、網罩及底座均為銅製的，扇葉上還裝有香水盒。儘管那時只有花露水，根本買不到正宗法國香水，但若蘭還是感受了夏磊的細膩，感受了他的布爾喬亞情結。

若蘭對著風扇「喔喔」輕喚，夏磊挪開風扇說：「不能對著吹，夏天毛孔都開著呢。」

若蘭看見床上放著一把鵝毛扇，拿起來就扇。

夏磊就說：「我媽說，這鵝毛扇扇出來的風是軟風，芭蕉扇扇出來的風是硬風。」

若蘭就說：「那電風扇吹出來的是啥風？」

夏磊眨著眼睛想了半天說：「是穿堂風吧，它能加快空氣對流，迅速降低室內溫度。」

「哦。」若蘭微笑。那一刻，她淡淡地感受到了風扇所傳遞出來的朦朧情愫。

之後，他們分配了工作，恰巧又同分在市郊的一家磚瓦廠。

夏磊個子高，被分到了裝窯工段，若蘭被分在搬坯工段。

第一天上班，若蘭就被繁重的工作嚇壞了。磚坯是機械成型後通過皮帶輸送機源源不斷送來的，只要機器不停，崗位工人就必須像機器人似的不斷把那些坯子搬下來。她還沒來得及哭鼻子，突然就聽說夏磊暈倒在隧道窯裡了。

「什麼！」她沒顧及向工長請假，放下手中坯子，「噌噌」就跑去看望夏磊。

全封閉的隧道窯裡至少有五十多度，工人全部打赤膊、穿褲衩。前面是灼熱的磚塊，背後是嘩嘩吹著的鼓風機，每人每天一萬五千斤的裝卸量，冷熱世界就在這個狹窄的空間時裡演繹著關於風扇與高溫的故事。

「我們不能在這裡待了。」若蘭輕聲說，看著夏磊受罪，她非常難受。

夏磊笑說：「挺挺就過去了，我出生在資產階級家庭，沒去農村就算燒高香了。」

若蘭摸著他的額頭說：「這次退燒後，再不能對著鼓風機吹了，那是啥風呀，簡直就是刀子嘍。」

夏磊說：「不吹會熱死的。」

若蘭聽了更難受，眼睛便有些濕，過了半晌才幽幽說：「再熬熬吧，聽說就要恢復高考了。」

之後的一年，夏磊被那個夏季的風給吹走了，他考進大學離開了工廠。

若蘭還在這家工廠，只是做了廠醫。

日子就這樣被嘩嘩地吹走了，她與夏磊突然失去了聯繫，像是突然遭遇了穿堂風，在某個時間的拐角，被悄無聲息地吹走了。她曾試圖去撿拾一片落葉，或是日月的某塊碎片，然而即便是淘空自己的青春，她還是沒能捕捉到任何訊息，殘留心中的，只是一種莫名的柔情和傷感。

中年之後，她開始收藏電扇，也許，她只是在收藏隱藏其中的那些記憶，也許她只是愛好電扇背後所隱藏的文化，比如上海最早生產的國產「華生牌」電扇，那是民族工業的驕傲；德國西門子、美國三角牌電扇所蘊含的科學理念。她感覺自己就像一縷風，正沿著生命中固有的軌跡行走，但不管走到哪，她都希望再次邂逅夏磊，哪怕他仍像一陣風似的吹過。

那個夏天，若蘭真的與夏磊不期而遇。她一臉的激動，問：你回國啦？」

夏磊一愣，遲疑了一下說：「是你呀？」

若蘭頓時冷了半截，說：「老了，認不出我來了吧？」

夏磊略微有些內疚，忙說：「沒有，到我家去坐坐吧。」

若蘭聽出他客氣背後的那絲冷淡，卻還是迫不及待地問：「你家那台『奇異牌』風扇還在嗎？那可有百年歷史呢。」夏磊再次一愣，但隨即說：現在誰家還用風扇，都有空調呢。

「哦……」若蘭頓時無語，心裡剛燃起的那股熱乎勁瞬間被吹得一乾二淨。

火焰紅瓷瓶

女孩第一次遇見許輝，是在化驗室門口。

當時，女孩正在洗手，聽見腳步聲，不經意抬頭，卻與許輝的目光相撞。那一刻，女孩心中「咯噔」了一下，便有一種陷落的感覺。

女孩單純，就如她眼前的各類實驗器皿，透亮、乾淨，許輝的闖入，給她一種在天際飄蕩的感覺。而許輝並沒在意她。許輝大學剛畢業，主要負責泥料和釉脂配方的試製，女孩只是個小樣成型工。但女孩手巧，什麼都能做，蕩、粘、修、刮，樣樣在行。

許輝看她幹活，看了一陣子就說：「這些東西在你手裡，就像變魔術。」

女孩笑說：「你弄，你也行的。」

許輝就從女孩手中接過泥盤，但怎麼弄都弄不成。女孩急了，就伸手過去幫他，但觸及他手的瞬間，女孩突然臉紅。

許輝瞅了她一眼，問：「你幹嘛臉紅？」

瞬間，女孩臉更紅，她惱怒地把手上的泥土往許輝手背一刮，起身跑出房間，邊跑邊想：「玩世不恭的傢伙！」

仕單獨的場合，女孩開始躲著許輝。

「怎麼啦，我哪裡得罪你哩？」

女孩沒理他。

許輝不明白女孩的心思，繼續按自己的思路說：「這次我準備配製一種新的釉脂，叫火焰紅。」

「火焰紅？」女孩一驚，說：「火焰紅瓷瓶，很難燒製吧？」

「那自然，泥料與釉脂的匹配還在其次，關鍵是燒製過程中溫度、氣氛與坯料之間的契合，那是土、水、火、金的一次交響樂。」

「你是意有所指的吧？」女孩極為敏感地問。

許輝愣愣地看著女孩，一下子沒了情緒。

女孩幽幽地歎了一聲，暗想：「我們是不般配的。火焰紅釉脂需要加入一種叫『鋯』的金屬材料，那是一種高溫釉，必須滿足各種工況條件，否則很難燒製。」一種刺痛突然深深地扎了她一下。

然而，女孩還是非常希望許輝能配出這種叫火焰紅的釉脂。她記得家裡曾經收藏過一隻火焰紅的瓷瓶，那是祖上傳下來的，文革中被人砸了，父親為此鬱鬱而終。她希望那種豔麗的色彩能重新點燃一種生活的信念，她相信火焰是富於彈性的，那是一種蘊含著澎湃力量的顏色。

當火焰紅瓷瓶攜帶著燃燒的渴望，從灼熱的情緒中走出窯爐時，女孩也悄悄走了。女孩走後就沒再回來，當時各種說法都有，但最具說服力的是：女孩考上了大學。

火焰紅瓷瓶曾紅極一時，但那家生產廠家並沒有因為有了這種豔麗的色彩而繼續火紅下去。後來工廠倒閉，許輝在多家企業來回跳槽，但最終也沒跳出什麼奇蹟。時間卻箭一般刷刷而過，在飛過許輝兩鬢時，似塗了染色劑，不經意把他的頭髮給漂白了。

許輝後來靠炒股發了點小財，便經常在家閒著，無聊時也經常上網。一天，他偶然走進網上陶吧，版主網名居然叫「火焰紅」。他突然有一種預感，那是一個故人的網名！他聽過這個網上陶吧，據說陶吧為所有網友提供了一套三維軟體：可按自己的想法設計各種款式、調製各種色彩的瓷瓶，體驗從製作、燒成的全過程，體驗一生活方式、一種隨心所欲的暢快。

許輝點擊進去，卻赫然讀到這樣一行字：「等待一顆般配的靈魂，與其糅合、燒製，把過去的遺憾和今天的期望一起燒成新的開始。等著你的火焰紅。」

「是她？是她！」許輝突然被一股激流撞擊，淚水洶湧而出。

聖誕的祝福

男孩失戀了，打算一個人去澳洲度聖誕，在浦東機場，他邂逅了一個女孩。

男孩看了她一眼說：「第一次出門吧？」

「對。」女孩禮貌地回道。

男孩說：「我也是第一次出國。哎，恐怕今天會不順。」

「不會吧？」女孩頓時有些緊張，「出啥事了嗎？」

「不，沒出啥事，剛才聽我同事說，這趟去雪梨的航班，可能出現超售，有可能會找志願者滯留，等下一班班機。」男孩猶豫了一下，然後補充了一句：「具體還得看行李托運情況。」

女孩沒有這種經驗，頓時站起來四處打量，彷彿在尋找某種攀援，神情間隱藏著一絲焦慮。

男孩馬上說：「你不用著急的，這事還沒定，如果真的需要志願者滯留，肯定讓你先走，我留下。」

女孩扭過身來，看他一眼，說：「謝謝，我等不及了，我需要馬上見到母親！」說完，女孩的臉突然扭曲了，猶如崩潰之前的抵抗，但最終沒能擋住淚的洪水，「嘩」一聲就傾瀉出來。

男孩頓時慌了神，他不知道究竟發生了什麼。

那一刻，窗外下起了雪，起初是零星的下著，漸漸地就越下越大了。女孩看著窗外的雪花，心靈被慢慢柔化，她突然對男孩產生了好感，不再隔閡，她跟男孩說起了自己的故事。

女孩生活在單親家庭，母親十幾年前就去了澳洲，之後就再沒見過。她說她特別想見到母親，尤其在聖誕之夜，她希望聖誕老人給她一個與親人團聚的禮物。她這次出來，是瞞著父親的，她希望父親不再為她擔憂。

男孩被女孩的故事打動了。他安慰女孩：「我保證讓你能夠順利登上本次航班。」

然而男孩的話音未落，電子螢幕就顯示出本次航班延誤的消息。男孩看見女孩焦急的樣子馬上說：「我去問一下。」

沒過多久，男孩回來說：「是機械故障。」

女孩就問：「那要延誤多長時間呀？」

男孩搖頭，男孩真不知道。這時，候機室許多人都在問同樣的問題。

儘管服務員耐著性子解釋，但仍有旅客在抱怨。有個自稱是醫生的男子大著嗓門說：「我可延誤不起，第一次參加國際級別的醫學會議，這對我太重要了！」

這時，櫃檯前聚集了不少旅客，大家七嘴八舌：「坐十次飛機有九次要延誤，漲價倒沒見你們延誤過。」

女孩這時很安靜，她雙手緊握，好像在暗暗祈禱。

她的祈禱也許真的顯靈了。

飛機故障排除了！飛機馬上可以起飛了。男孩和女孩同時站了起來，他們相視一笑，非常默契地拉起行李箱，往登機口走去。

這時有位服務員走了上來，輕輕問女孩：「這趟航班超售了，你能不能做志願者？」

女孩一愣：「為什麼？」

男孩馬上過來說：「我留下吧，讓她先走。」

女孩看了男孩一眼，內心掙扎了一下，然後問：「需要留下多少人？」

「四人。」服務員非常不好意思。

女孩猶豫了一下，最終還是說：「我也留下吧。」

男孩滿臉燦爛地笑了，女孩的回答也許正是他期待的。「那好，我請你喝咖啡。」

坐在咖啡廳裡，女孩說，她要打個電話給她阿姨，怕她擔心。女孩掏手機時，從提包裡掉出一瓶藥。男孩非常熱情地彎腰去撿，然後就看見藥瓶上的說明。瞬間，他的臉色嚴峻起來：「這是你吃的？」

女孩見了奪過藥瓶，臉色頓時紅了。

「你患癌症了，想最後見你母親一面？」男孩幾乎是帶著哭聲喊了出來。

「喊啥呀！」女孩的臉突然變得蒼白起來，「是的，我的時間不多了。」

「那你為啥留下，你該先走。」

女孩微微一笑說：「我希望這個聖誕能給更多人帶來快樂。」

單身俱樂部

知道有這樣一個俱樂部是幾年前的事。

那天，我的生意搭子吳哥對我說：「你老是一個人青燈黃卷般孤守一方有何意思？善待自己吧，給自己找點樂子，給自己找一份精彩。」他是針對我因老婆的漂洋過海，銷聲匿跡而沮喪消沉說這番話的。於是，他就給我介紹了單身俱樂部，他說他常去那裡找他的一夜情，找他的醉生夢死，找他的心靈碰撞。

於是我就心生了一份好奇，那封閉的門有了被風撞擊的響聲。我走進了那個俱樂部，走進了旋轉的燈光裡，走進了輕歌曼舞裡，走進了曖昧的眼神裡，走進了心照不宣的尋尋覓覓裡。在那個被過分渲染的氛圍裡，我有點手足無措，我甚至不敢主動和任何一個陌生的女子說話，甚至感到了自卑。

不經意間有個女子主動和我搭話：「先生你是第一次來吧？」

我禁不住有點結巴：「是……是。」就在我扭頭和她對視的一剎那，我突然大吃一驚：「雨萱！」

「是你？」她也認出了我。

我們彼此都有些尷尬，因為是在這樣的場合，這樣一個說不清道不明的氛圍裡。尤其致命的是雨萱是我的初戀女友，曾令我神魂顛倒過，朝朝暮暮思念過，刻骨銘心傷痛過。

解說是多餘的，唯有用沉默來化解彼此的無奈。她的面前是咖啡，我的面前是清茶。不相同的表達，卻浮泛著一樣的心情，轉折著足音疏落的故事。我依稀記起了張潔的那篇小說〈愛是不能忘記的〉，那愛的水潦曾濕潤過我們的愛情，我們曾經仰望過那個令人刻骨銘心的愛情高地，甚至模仿過體會過那種遙遙對視的心境。

我們相戀了五年，最後在沒有任何理由的情況下分手。她只是喜歡上了另一個更酷的男子。我在傷痛之餘，更多的是為她祝福。

一個童話般清新的初戀，無比安詳地擱在了我的心裡，一擱就是十年。但現在……

雨萱還是對我講述了一切，一個非常乏味的故事。無非是那個俊男又有了外遇，離婚給他們的婚姻畫上了句號；怨女垂下簾攏後，始覺春去樓空。

走吧，在這樣的環境裡，很難梳理一個怨女的心緒。我們漫無目的地行走，最後就走到了我的家裡。

有了暈黃的燈光，有了纏綿的音響背景，有了令人想入非非的席夢思，還有了泛黃的舊事、漸次展開的回憶、過往的遭際，以及貫穿其間的撩人心魄的情意。真的，雨萱的風韻猶存，有一種花蕊綻放的性感。

順著我的眼光，雨萱用手在我眼前一擋，說：「看什麼呢，眼珠子都快找不到了。」

我頓時臉紅了。

雨萱突然就抱住我說：「你還是那麼雛。」

她說得很輕，說得愛意綿綿：「我們相識這麼久了，你從沒碰過我，今天我就全給了你。」

我突然一陣感動，瘋狂地吻她，內心裡疾風暴雨般呼喊：「這就是我的所愛！我的所愛！」但同時我感到了一種疼痛：「這就是我的初戀嗎？還是我原來的那個雨萱嗎？那個一直供奉在我愛情殿堂裡的雨萱嗎？不！」我猛然推開了雨萱，心的腳步在匆匆逃離。

「怎麼啦？」雨萱滿臉驚訝。

我輕聲說：「雨萱，我已將你放進了我愛情的神龕裡。有一天，即使一無所有，但還有你。」

雨萱一愣，臉上有層次地展開著一種感動，一種痛心疾首，眼淚順著她的臉頰歡快地流淌。她聲音顫抖著說：「謝謝，謝謝你給了我這份美好。」

從此之後，我再沒去過那個俱樂部。

愛情之門

女孩是在虹口的一個弄堂裡認識程功的，那個弄堂窄窄的，很破舊。

女孩常在弄堂的公用水龍頭下洗絲瓜，因為女孩喜歡吃絲瓜炒蛋；女孩洗絲瓜時候常會偷偷地想：「將來陪我吃絲瓜炒蛋的人會是誰呢？」

女孩那天洗完絲瓜隨手就把絲瓜切了，就在她起身的那刻，抬頭看見了高高瘦瘦的程功，有一雙清澈明亮足以讓人深陷的眼睛，還有一口潔白整齊的牙齒。

女孩站在那裡愣了一下，好像還淺淺地一笑。程功朝她點了下頭，女孩也趕緊點頭，但程功已從她身邊輕輕走過，女孩有點迷茫。這時，天空突然下起一陣季雨，淋濕了女孩的頭髮，也蔥綠了女孩心中的渴望，女孩想：「就是他了。」

後來的日子裡，女孩經常遇到程功。程功對她笑，她也笑；再後來，程功就會問她：「洗絲瓜呢？」女孩就說：「嗯！」程功就說：「絲瓜炒蛋好吃著呢。」女孩一臉驚訝說：「你也喜歡吃？」程功說：「喜歡。」女孩心裡甜甜的，說：「喜歡，我待會給你送去。」

這是一九四八年的夏末，程功剛當了兵。據他自己說，他原是個臺灣人，因為受過初中日化教育，能說一口流利的日語、閩語和國語，被特務連選中。

程功所在的特務連的駐地是保密的，就在原國民黨海軍司令部裡，對外就稱是做生意的。沒事他也常回家，一個人單獨租一間房。女孩與其認識後便常去。

黃昏時刻，女孩必然穿了自己喜愛的長裙，懷裡抱了一個飯盒，穿過寂寥的飄蕩著陣陣飯菜香味的弄堂給程功送菜，打開飯盒，看見絲瓜炒蛋，程功便扒著狂吃一陣，全然不顧禮貌。女孩就抿嘴笑，程功就將一枚戒指輕輕套進女孩的手指上，女孩忸怩了一下，帶著幸福的微笑順從了他。這時，樓底下有人喊程功，程功探頭瞅了一下，即說：「我有事，你待著。」然後衝下樓去。

女孩有些失落，她突然有些擔心，程功這麼神神秘秘的，哪像是做生意的？她聯想到自己的親哥，幾年前做了漢奸，成了日本特務，後來去了日本，但全家人替他受過，東躲西藏，多次搬家，最後父母鬱悶而死，女孩搬到這裡，舉目無親。不，不能讓程功走壞道。女孩跟了出去，女孩看見程功閃進海軍司令部的大門，隨著「碰」的一聲關門，女孩心裡咯噔了一下，想：「這個地方哪是做生意的？」

程功還是一口咬定自己是做生意的，只是替人做，身分比較特殊，但絕對不是壞人。女孩幽幽的抹淚，抹得程功心疼，但程功還是不能說出真相。女孩說，不指望程功發財，只想過平平常常的日子，只想給他做絲瓜炒蛋。程功說：「我懂，我發誓！只是最近比較忙。」程功說他要搬到公司去住，以後他經常要外出，在公司的時候，他會在窗臺上放一盆花。女孩皺了一下眉，扭過身去。

以後，女孩看見窗臺上有花盆，就會在他的樓前徘徊，程功看見了，就會偷偷溜出去與她幽會。然而有一天程功突然消失，據程功事後說，是去某地執行偵察任務，因涉及軍事機密的事，程功又不能亂說。一去數月把女孩急得沒了主意，她看見那扇緊閉的大鐵門心就犯怵，她不知道那扇門後究竟藏著什麼秘密，她不知道門後的道路會把程功送往何處。

女孩決定要闖一闖那扇門，那天她依然是穿著長裙，懷揣著飯盒，她敲了很久的門，開門的老頭問她找誰，她說找程功，老頭說，沒有程功這個人。她說，一定有的。老頭說，沒有！並要關門，女孩急了，就硬闖，結果被隨後出來的幾個人關進了一間小屋內。女孩被關進小屋後，就不斷有人問她，是怎麼認識程功的？怎麼知道程功就在這裡？還知道些什麼？等等。女孩肯定是說了一些不該知道的軍事秘密。

後來程功回來了，沒進門他就知道女孩被關的事。程功想，女孩是為他受得累，這不關女孩的事；他還知道，女孩的絲瓜炒蛋還在飯盒裡；他還知道，女孩一直說擔心他走壞道。程功低頭鬱悶了好一陣子，眼淚在眼眶裡轉了好一陣子。當晚，他攀進關著女孩的小屋，把女孩救走了。他沒料到，這一救，會把他送進監獄。

女孩的親哥是個日本特務，女孩就有了特務嫌疑，程功不僅把軍事機密洩露給她，還把她救走，並有出逃跡象。據此，程功被軍事法庭判了三年。

在那個長長的雨季裡，女孩怔怔地站在屋簷底下，知道是自己害了程功。於是，她親手炒了一盤絲瓜炒蛋，分裝了兩盆，她把程功的一盆就放在自己的對面，她一邊慢慢吃著，一邊呆呆看著自己的房門，心說：「程功，我本想走進你的家門，現在卻不得不走出家門了。」

之後，就再沒人知道她的去向，有人說她去了香港，也有人說她削髮為尼了。

許多年以後，程功就坐在我對面的辦公桌前，跟我講了上面的故事。說完之後，他喃喃自語了好一陣子：「她為什麼要走進那扇大門呢，她不走進去就沒事了。」

我說：「這就是愛情。」

他意味深長地看了我一眼，說：「愛情這東西，在門外看著，才好呢。」

像霧像雨又像風

當導遊操著潮汕口音自我介紹說：「我叫小牛，人家說我像霧像雨又像風，就是不像人」時，林靜如不禁莞爾，心想：「導遊開始進入角色，不像人？其實更確切的說是不像本我。哎，我現在倒是可以卸下職業的我，返璞歸真了。」

林靜如這次是隨行業文學社團去南方城市旅遊的，出門前老公語焉不詳地盯了她一眼說：「去汕頭啊，又可碰到老相識了。」

林靜如回頭剜他一眼，直截了當說：「聞到醋味啦！」

「都老夫老妻了，醋早乾了。」老公沒容她反擊，扭身退出房門。林靜如那一刻有點悵然，她希望聽到老公更醋的話，但老公沒有，而是淺嚐輒止。

林靜如臨行前還真跟汕頭的老同學王嵐打了個電話，其實他們的關係已經很淡，就像宣紙上的淡墨，雲一般飄浮著，根本抓不住。偶爾，記憶的水潦會濡濕寂寞，但這種寂寞的感覺很好，沿著那個長廊能抵達幽謐的初戀。

第一次遇見王嵐的時候，他穿著件雪白的制式襯衣，樣式過時，顯得土氣，但土氣卻莫名其妙地刺激了林靜如，她心中不由地一顫。王嵐似乎立刻察覺到了，跟著就很震動地看了她一眼，這種化學反應是在瞬間完成的，沒有理由就達成了默契。之後的日子，除了眼神、微笑、心照不宣的邂逅，還有心裡起起伏伏的期待。他們之間其實什麼都沒發生，卻稀裡糊塗的愛著，彼此都能感覺到的東西，卻始終沒能晾出來。直到許輝的出現，那種微妙的關係突然失去了支點。許輝與他們同屆，卻不同班，但許輝敢於衝鋒，這使近水樓臺的王嵐最終沒能得到月亮，反被許輝佔了先機。

王嵐接到林靜如的電話時，有過瞬間的停頓，但旋即非常興奮：「真的，什麼時候到，我去接你。」

林靜如對他的反應很滿意，卻不想麻煩他，就說：「不用接，行程沒敲定，安排有可能會打亂，隨時聯繫吧。」

這個「隨時」把許多內容捆綁了進去，他們隨時聯繫著，本來不敢說的話，突然就說了，尤其是王嵐，本性大暴露，狂講對她的思念之情。

林靜如生氣，卻又很受用，說：「你正經點，孩子都老大不小了，還瘋瘋癲癲的。」

王嵐說：「十幾年沒聯繫了，突然知道自己的初戀將光臨本市，難免發點少年狂呀。」

林靜如說：「是不是潮汕特產蜜餞，把你甜的。」

王嵐說：「不，我是真高興，屆時我還將給你一個驚喜。」

什麼驚喜呢？林靜如之後就一直被困擾期間。旅途中，她不時走神，將自己陷進各種場景裡：在酒吧，對視，王嵐握住她的手，她怦然心跳，略微掙扎後，他卻突然從對面坐過來，然後一把抱住她，她頓時熱血翻湧。他敢，他是個老實人，不可能這樣，那他要給自己什麼驚喜呢，重溫初戀，送禮物，然後說一些瘋話？都老了，還能那樣含蓄嗎？那樣暗湧奔騰，到頭來卻在彼岸擱淺？抑或是直奔主題……。

林靜如突然臉紅，她倏忽想起許輝臨行前的輕擁，他抱著她在她耳邊叨叨：「路上注意安全，旅途愉快。」那一刻她感到很溫暖。

林靜如有些猶豫，要不要跟王嵐見面呢，萬一見了面，碰出點火花來咋辦？不，不會的，林靜如搖頭，突然覺得自己很搞笑，怎麼毫無定力。

旅遊最後一天，王嵐約林靜如到一家豪華飯店吃飯。

林靜如問：「還有其他人嗎？」

王嵐說：「別問，問清楚，就沒驚喜了。」

林靜如打的前往，她一路猜疑，想到了種種可能，卻沒料到，包房裡坐著不僅有王嵐，還有從梅州和潮州趕來的其他同學，她大感意外之餘，略略有些失落。見她進門，老同學們一下子都站了起來，他們擁抱在一起，一時眼睛潮濕。

平息下來後，林靜如就問：「這就是你給我的驚喜？」

王嵐笑而不答，片刻，大家突然唱起「生日歌」，林靜如一驚，猛然想起這天正好是自己的生日，她突然想哭，但她無論如何都沒想到，這時許輝突然從套間裡走出來，手捧蛋糕。她頓時呆住了：「早就預謀好的呀！」她回頭看見王嵐的壞笑，眼淚頓時洶湧而出，她腦子裡突然掠過〈像霧像雨又像風〉的唱詞，眼前的一切突然變得朦朧了，卻又非常真切地感到了「本我」。

老公寓

男人癡迷老公寓是很久以前的事了。但男人決定把自己的新公房換成一間老公寓卻是十五年前的事。當時男人在市中心有套兩室一廳的房子，價值五十多萬元，男人把他賣了。

男人賣掉新公房只是為了買入一間二十多平米的老公寓，那間房子其實只是整棟公寓的一間偏房，以前也許是管家或傭人住的，但打開那間房子的窗戶就能看見整棟老公寓的全貌，你能感覺到歲月留下的痕跡，感受到這個城市曾經跳動過的脈搏。

妻子見了抱怨：「就這麼一間破房，你讓兒子住哪？」

「就住在一起呀，我就要兒子在這種環境裡薰陶、長大。」

妻子看了男人一眼，又看了一眼，然後朝窗外看去，看著看著，就平靜下來。

男人就說：「你看這棟公寓，美麗而不妖嬈，更不華貴，在拋棄了繁雜的裝飾線腳後，僅利用陽臺和牆面的凹凸，便製造了豐滿的層次感；再看前面的小花園，就幾株夾竹桃和梧桐，既潦草，又隨意，但恰是這種自然的狀態，讓你讀出了滄桑。」

妻子沒搭理，但也沒再反對。

之後的日子，男人便常常坐在窗前喝一杯咖啡。他喜歡撫摸那些老了的壁爐，儘管壁爐已經沒用；他甚至不容許妻子重做地板，他就喜歡踩著老了的地板；他還無端去穿越公寓的內走廊，從頭到尾感受一種安謐；他有時也會發呆，盯著小花園裡那架鏽跡斑斑的千秋，想著曾經的故事。那一刻，一個世紀的歲月就踩著他最柔軟的部位慢慢走過。

男人平靜地過著非常老派的生活。期間，兒子上了大學，他的頭髮也被歲月吹落了些許。很快，他的生活就不再平靜。有一天，來了兩位政府人，說要買下他的房子，說他的房子已被列入歷史重點保護建築。

「不可能！」男人非常堅決地回道，「他從來沒想過要賣掉這間房子。」

政府人用手拍拍他的肩說：「別一口回絕，先聽聽我們的開價，你再作回答。」

「什麼價我都不賣。」男人一副毫無商量的表情。

政府人沒有發火，仍然信心十足的樣子：「我們準備用八百萬元收購你的房子，難道你就不考慮？」

男人一愣，他確實沒想到對方開價這麼高。他當年賣出的房子雖然現在也漲到兩百多萬了，但對方開出了高於四倍的價格，這委實讓他吃驚。他內心掙扎了一下，但很快就平靜下來：「不賣！」說完他不再吱聲，只盯著窗外的梧桐。

政府人有些尷尬，但還是和顏悅色地說：「不急，你再考慮考慮。」

男人不急，但政府人急，他們必須完成上級交辦的任務。既然男人說服不了，就去找他妻子。

政府人勸她：「八百萬元，你可以在附近買四套兩室一廳的房子，你不為自己想，想該為兒子想想吧。現在的社會，有房就有娘子和票子。」

妻子不知道他們的住房突然變得這麼值錢，男人沒跟她講。現在聽說餡餅就在頭上，只要一點頭，啪一聲，就能掉下來。妻子馬上點了頭。

接下來，妻子必須去說服男人。但男人死活不鬆口，他非常生氣地說：「新社區有這種老公寓的味道嗎？這種味道必須歷經歲月的沉澱，你懂嗎？」

「你別跟我講這些酸的，我只問你一句，你到底是答應還是不答應，不答應，我就跟你離婚。要麼你給我四百萬，繼續住你的老公寓，要麼我們一起搬出去。」

男人呆住了，臉色頓時非常蒼白，他沒料到妻子這麼狠。

良久，男人說：「好吧，我們賣。」

妻子旋即勾住他的手臂：「別生氣，這也是為兒子好。」

男人盯她一眼，輕輕拔開的手說：「我也有條件，買了新房子，我也不會去住，我還住老公寓，就在附近找一套大點的。」

妻子也是一愣，但很快說：「沒問題，我們租掉新房子，再租老公寓不就成了。」

男人就在他曾經住過的公寓對面另租了一套老公寓。他每天都會坐在窗前喝一杯咖啡。越過對面公寓低矮的圍牆，他仍能清晰地看到院內的一切，那幾株夾竹桃和梧桐，那架蕩著歲月的千秋。

看久了，兒子就會奇怪：「爸，你看啥呢？」

男人就說：「祖父做『地工』時，曾給那戶人家當過管家，我娘那時常去那裡蕩千秋。」男人淡淡地說，但眼中卻是濕濕的。

蝸婚的日子

辦完離婚，從民政局出來，女孩突然有點後悔：「也許太衝動了，現在怎麼辦呢，房子是雙方父母共付的首付款，按照協議，房屋歸女方，但女方必須支付幾十萬給男方。哪來的錢呀，父母還不知道，告訴他們還不把他們氣瘋？咋辦呢！」

「還能咋辦，暫時一起住著唄，等你把錢湊齊了給我，我就搬走。」男孩顯得一臉的無辜。

女孩瞅了他一眼，猶豫了半天，暗想：「難道還想破鏡重圓？作夢吧。但又想不出其他辦法。」

「哎，」女孩輕歎一聲，「看來只能暫時蝸居一起了。」

按照協議，女孩睡臥室，男孩睡書房，各自生活，各不相干，各不侵犯。

女孩走回臥室，抬頭看見牆上掛著的婚照，心中陡然有了一分感觸。晚上，她在網路與人交流時，便歎道：「早知今日，何必當初！」

有個叫千里光的就跟帖：「今日怎樣，當初又怎樣？魚已上鉤，自然不用再餵魚餌了。」後面還留了個壞壞的笑臉。

女孩回帖：「看你也不是什麼好東西。肯定是個壞男人！」

對方只回了六個點。

女孩便有些失落，她突然想起，決定嫁給男孩的前一夜，那個叫狼把草的人在網上說：「找個牽手的容易，但找個能牽到天荒地老的人就難了。」女孩盯著視屏，眼睛突然就濕了。她心裡突然很想嫁給這個人，跟他牽著手，一起慢慢變老。

後來他們真的見面了，男孩很帥、很陽光。男孩摟住女孩，低低地說：「我會疼你、愛你、寵你，工資獎金全交你，家務粗活不用你……」女孩笑著說了句：「咋像周立波似的。」

之後，男孩就把家交給她了，連同粗細雜活和鍋碗瓢盆一起交給了她。

「你怎麼啥都不做？」女孩開始抱怨。

「我不是忙麼。」男孩很容易就搪塞過去了。

一天女孩扭了腳，腳踝瘀血青紫，男孩依然沒事似的。

女孩怒了，說：「我不是你老媽子，你也做點事呀。」

男孩頓時調高了音訊：「你煩不煩啊，看我稍微有點閒了就不放過，你也太計較了。」

「還說我計較，你根本就把這個家當成了旅館，把我當成了義務保姆，我要跟你離婚！」

「離就離！」男孩不甘示弱，「明天就去辦理手續。」

一句話結婚，一句話又離了。

那些山盟海誓呢？那些「山楂樹之戀」呢？女孩繼續在網上傷感，她不知道以後的日子咋過。

「喂，」男孩突然喊她，「我們開始做鄰居，今天我燒了幾個菜，你就一起來嚐嚐。」

女孩一愣：「真想重新表現呀？」女孩有些不習慣，但還是出來了，那種感覺特好，有人做飯的日子真好，女孩看著男孩。

「別看，再看我會把你吃掉。」男孩給她盛飯。

女孩接過的瞬間心中不禁一暖。「還會破鏡重圓嗎？」女孩幽幽地想。

男孩這天回得很晚，並醉得一塌糊塗。他不洗澡，不漱口，一頭鑽進女孩的被窩。

女孩被一陣酒氣醺醒，厭惡地推開男孩：「你怎麼啦，跑錯地方啦。」

男孩摟住她，嘴裡胡亂嘀咕道：「沒錯，沒錯，這是我老婆的臥室。」

女孩急了，一個嘴巴搧過去。

男孩醒了，他驚訝的看著女孩，臉色變得異常蒼白。

之後的一天，男孩就帶著其他女孩回家，帶進他的書房，並把房門重重的關上。接著，浪笑和親昵打鬧聲時不時傳出門縫，女孩聽了心中一沉，頓時像打翻了調味瓶，五味雜陳。她打開電腦又發帖子：「我今年一要把自己重新嫁出去！」

不久，那個叫千里光的就跟帖：「那就嫁給我吧！」

女孩回帖：「憑啥嫁給你，誰知道你是狗是豬。」

男孩說：「是狗是豬見一面不就知道了。」

女孩沒理他，這個叫千里光的不知什麼地方鑽出來的，臉皮真厚。但女孩在網上老是碰到他，被他纏煩了，女孩就說：「先貼張照片上來。」

男孩回帖：「好呀，你也貼張上來。」

「哇，好帥！」女孩不相信，便回帖：「誰知照片是真是假！」

男孩就說：「那就見一面，見了就知真假。」

於是他們約好見面時間和地點。

女孩很守時，但在見到男孩的剎那，她愣住了：「怎麼是你？你改了網名？」

男孩也呆住了：「你也改了網名？天天住在一起，也不告我一聲。」

距離

妻子原先住在江南的一個小鎮上，小鎮就座落在運河邊上。運河的水從小鎮的屋底流過，就在妻子的家門前流過，妻子因此被滋潤得嫋嫋娜娜。

妻子新婚的時候，很孤獨。妻子的丈夫在另一個很大的城市工作。妻子便守著家門等丈夫。雨季，江南煙雨朦朧，雨點斜斜地敲擊在河面上，把一河的水彈奏得非常淒迷、美麗。妻子就坐在門前，寂寂地想心事。那時妻子的感覺很古怪，她感到好溫馨。後來，妻子有了一個小女孩，她便常常端一盆尿布片去河邊洗。她蹲在河邊的石階上篤篤地捶打。河水慢慢從她腳邊淌過。她幽幽地輕歎，寂寂地發呆。尿片飄走了，載著她刻骨銘心的相思，游到另一個城市去了。猛然發覺，她不由莞爾。那笑好無奈，好美麗。

後來，丈夫拴住了她縹緲的思念，說聲：「走吧，離開小鎮。跟我去那個大城市吧。」她依戀地回眸，那小屋仍然古意頗濃地偎著運河，而那雨季的思念卻變得恍惚起來。丈夫理解地扶一下她的肩說：「只有倒掉那碗水，才能重新盛滿新的甘泉。」妻子點點頭，卻依然是三步一回頭。

妻子在那個大城裡生活常感到少了點什麼。為了謀生，妻子幹著勞累之極的活。城市的壓抑和喧囂，丈夫的急躁，和經常為瑣事而產生的磕碰，常令她思念那個悠閒的小鎮，那條纏綿的運河。她有時洗著碗，便會從叮噹的碰擊聲中聽到那悠悠的捶打聲，那潺潺的運河會從她心裡流過。這時，她會覺得運河離她很近，而丈夫卻離她遠了，那一刻，她的眼睛暗暗濕潤。

丈夫詫異地問：「怎麼，不如意？」

妻子輕歎一聲：「我總覺得我們的感情不如過去。」

丈夫用手撐著下巴，一派透徹而深邃的樣子：「那是因為我們靠得太近，缺乏應有的距離，以致彼此灼傷。」

妻子非常新奇地眨著眼睛：「距離，能加深彼此的感情嗎？」

「距離至少能使感情蒙上神秘的美感。」

妻子沉吟不語。

有一天，妻子突然對丈夫說，她要到公司所屬的子公司——南方公司去工作。

丈夫說：「我們分居得還不夠。你居然要離開我。」

妻莞爾道：「你別阻止我，這是一次機會，我不僅可得到提拔，還可一展身手，更重要的……暫時保密。」

丈夫搖頭瞪眼，一臉的不樂意。

離家沒幾天，妻子忽又從遠方打回電話：「好想家，好想家。」語氣顯得愁腸寸斷。

丈夫為之動情：「那你快回來吧，快回來！」

「不，」妻子語音異樣地回道，「我要製造距離，我想……」

丈夫心裡猛地一酸，眼睛頓時濕了。

俞先生的清白往事

日軍飛機在頭頂嗡嗡叫的時候，俞先生再次跑到馬路中央，這時大部分人都躲到相對安全的地方去了。在城的中央，日軍真要扔下一顆炸彈，躲哪都不安全，那些石庫門房子根本抵擋不了炮火的摧枯拉朽。

俞先生站在學校門口，這時柳河路上已空寂無人，他抬頭看著那些飛機往楊浦方向開去，心裡罵了一句：「東洋赤佬！」原本鬆弛的手不自覺地握緊了。

梅香在他身後悄無聲息地站了半天，這時禁不住問了一句：「不怕麼？」

俞先生回頭見了溫文地笑笑說：「有啥怕的，這裡是租界。」

梅香有些憂鬱，輕歎一聲說：「怕是租界也不是避風港。」

俞先生一時也有些沉重，良久才說：「怕也沒用。」

梅香微微點頭說「是呀，只有不怕才有希望。」

俞先生在那一刻突然發覺梅香眼中的一絲堅毅，與平時一貫的文靜有些別樣。

俞先生對梅香一直都有好感，儘管同在一所小學共事時間不長，但梅香給他的感覺很江南。她走路的樣子像江南的雨，悄無聲息；她微笑的模樣像江南的雨，潤物無聲。但俞先生是個有老婆的人，俞師母是個舊式小腳女人，很安分，很顧家。但這並不影響俞先生對梅香的欣賞。中午一起吃飯時，俞先生還非常喜歡看梅香吃飯的樣子。

老師們都吃包飯，每月兩塊大洋包吃三餐，這對每月只有六塊大洋收入的老師來說，還是非常肉痛的。因為午飯是吃桌飯，十人一桌，每桌十來個菜，這餐吃好了，無異能提高伙食的含金量。但老師又是斯文的，明著搶食不雅，但暗裡較勁卻是常事。一般他們第一碗飯都不會盛滿，盛滿了到第二碗肯定吃不上菜，而且第一碗的吃相都不好看。但梅香不添飯，而且她總是最後一個拿起飯碗，捧起飯碗時，她先夾幾筷菜，之後就低著頭，文文靜靜地吃，不再續筷，偶爾也會淡淡一笑，好像周圍的一切跟她無關，筷子底下所演繹的人生離她非常遙遠。俞先生很喜歡看她淡定的樣子，從那恬靜的背後讀她對生活的理解。

哎，俞先生那一刻會突然想起自己的小腳女人，一種失落感油然而生。其實也就想想罷了，誰心裡沒有一兩個心儀女人。但之後發生的一件事，讓俞先生大吃一驚。

一天夜裡，俞先生剛洗完腳打開後弄堂的房門，準備把水倒掉，突然聽到一陣嘈雜的腳步聲，並伴隨著叫聲和槍聲。俞先生一驚，趕緊關門躲避，暗處突然傳來一聲急促的輕叫：「俞先生！是我。」

「梅香呀！」俞先生心裡咯楞了一下，但瞬間就明白了過來。他閃開身子，讓梅香進來，然後迅速關門，並快速奔到前門，往外一看，前門有人影在晃動，他馬上領梅香爬上閣樓，說：「看來只能從老虎窗爬出去了。」梅香說聲好，就非常利索地跳出窗外，然後消失在沉沉黑夜。

事後，俞先生愣了很長時間，不是怕，而是震動，像平地裡落下一顆炸彈。他的小腳老婆嚇得不停哆嗦：「誰呀，共產黨嗎？她把日本探子引來了。」俞先生突然吼道：「引個屁，你給我少說幾句，嘴臭才會引來殺身之禍。」

之後就再無梅香的消息。俞先生仍教他的書，有時也給學生講起日本人轟炸上海的事，講東洋赤佬的壞，就是從來不說梅香，梅香在他的記憶中似乎已經漸漸淡出。直到有一天，學校分成了兩派，他成了造反派中的一員，並負責看管一批走資派時，才意外看見了梅香，那個江南一樣的女子突然闖進他的視線。

「是你？」俞先生萬分驚訝。梅香很虛弱，面容憔悴，她正患著重病。「不行，我必須送你去醫院！」

梅香淡淡一笑說：「不礙事，你別引火焚身。」

「怕啥！」俞先生沒予理會，就悄悄把梅香送進了醫院。

這事自然成了一大笑話，俞先生很快被隔離起來。造反隊就派人去問他老婆是否認識那個梅香。他老婆聽了咬牙，半晌才說「燒成灰都認識，那年日本探子抓她，還是被先生救的，這個狐狸精！」

「原來這樣啊。」造反派頭頭就拍著桌子吼俞先生：「你給我說清楚，你與梅香到底啥關係？看不出來呀！」

那無異又是一顆炸彈，在俞先生的心裡炸響。梅香是清白的，那個江南一樣的女子，只可能是江南的雪梅，靜靜地開，暗暗地香。

那個早晨，俞先生突然從學校的五樓跳下來，腦袋磕在水泥地上濺了一地血，就像梅花一樣綻放。他手裡緊攥著一張紙，紙上只寫了四個字：「清白一生」！

釋夢

看不見囫圇的太陽。被切割成碎塊的夕輝投在牆上，顯得有些曖昧。惚惚恍恍，自有一種夢境感。

餘暉漸收時，趙忻放下手中的書，靜靜地遠眺窗外的暮色。妻收拾完家務，也悄悄挨過來坐在他旁邊。用一種濃得化不開的目光，很深情地沾在他的臉上。

一陣風吹來，好涼爽。風就在他們之間纏綿著。

「昨晚，我作了個夢。」趙忻說，目光仍投向窗外。

「啥夢？」妻問，目光很柔和。

「我與別人結婚，後來又離了。」

「跟誰？你得給我說清楚。」妻的目光有些委屈。

「小余。」趙忻很坦然，目光蒼茫地朝向遠處。

「比我年輕，值！」

「不，我們婚後過得很乏味，沒有激情，連性生活都像是一種儀式。後來生了個男孩，我們從不吵架，相敬如賓。有一天，你突然出現，我便對小余提出離婚。我說我不愛她，她說她知道。便很友好地分手，彼此沒有離恨，只添了一份友情。」

「你是日有所思。」妻的目光有些憂傷。

「沒有，我的第六感覺，從未給我這方面的暗示。」趙忻的嘴角泛起一個隱隱約約的苦笑。

「都上床了，還說沒有。」

「但我沒有感覺，殭屍一般。這個夢似乎只是暗示了什麼。」

「什麼？」

「生命的張力，必須有一種動態的婚姻來激發。」

有一陣，妻沒說話。她在漸濃的暮色中咀嚼他的話。很久，她才說：「你的意思是，我們的婚姻缺乏動態，所以你在夢中製造動態？」

「恰恰相反，夢中以靜態的生活呈現，而我棄絕了這種靜態。」

「不，你是見異思遷，吃膩了青菜，想想還是蘿蔔好。」妻的眼裡閃出了幽幽的淚光。

「那是一種神明的啟示，似在說：只要保持動態的心境，就能激發起生命的張力，還原婚姻的原貌。」

「誰信你！」妻背過身，像凍住了一般，空氣不再流動。

好一陣誰都沒說話。半晌，妻很輕地說：「也許，我們該試試動態的婚姻。」

「怎講？」

「離婚！」

「可以，但只許在心裡試一次，或者你在夢裡製造一次。我等你。」

「你壞！原來你的夢也是製造的。」妻在暗裡偷偷地笑了。

很濃的暮色，覆蓋了一次小小的撕裂，又重新獲得平衡。

但生命卻因此泛活。

紫藤花開

望著落英繽紛的紫藤，奶奶的眼神有些迷離。奶奶說，這棵紫藤有幾百年了，那紫色的花苞裡曾藏著她的一個夢，漸深漸淺的花夢，如雪繽紛，纏纏繞繞地曾把一個江南女子最柔軟的部分觸動了。

但我一直以為奶奶是在說自己，因為奶奶年輕時有過一個相好，叫顧工。他們秘密地熱戀著。直到有一天，顧工站在那棵紫藤樹下說，他要走了，他知道奶奶家已給奶奶訂了親，準備把她嫁到地主馬濤家。奶奶當晚哭了，她把臉趴在顧工堅實的胸上，慢慢把手手插入他的襯衣底下。奶奶喃喃說：「你要了我吧，過了今晚，我就是人家的人了。」

顧工是趁著黑夜坐小船從築江河走的。奶奶說：「你在我心裡擱著呢，你就放心地走吧。」顧工一把攬過奶奶，緊緊抱住她，說：「如果我還活著，一定會把你搶回來。」奶奶心裡咯噔了一下，什麼叫「還活著」？難道……。許多年以後，奶奶才知道，顧工那年參加了新四軍。

奶奶嫁人沒多久，丈夫就死了，死於乾血癆，之後又生下了我父親，奶奶心裡明白，父親是顧工所生（她丈夫沒這能耐），但這個秘密直到二十多年後才被揭開。

之後的日子，奶奶常坐在紫藤樹下，看紫藤花開花落；看濃濃的綠、淡淡的紫，聞串串花朵的清香在空氣中繚繞。奶奶的心思常會穿過細細碎碎的花瓣，那淡紫色的心情在藤條上蔓延。

無數的花事已過，無數的繁華凋落，顧工終於回來了。顧工是帶著一個叫梅香的妻子回來的。

顧工疑惑地問奶奶：「你怎麼還一個人過？」

奶奶沒說：「我等著一個人來搶我回去。」奶奶只是苦笑了一下，幽幽地說：「一個地主婆姨誰還敢要？」

顧工有些歉意，說：「妹子，以後就讓我叫你妹子吧。」

奶奶輕輕點了一下頭，心中卻是一地的花碎。

顧工後來成了副縣長，常來奶奶的門前繞一繞，但並不進家門，奶奶心裡明白，明白這種距離的必要性。只是在紫藤花密密匝匝盛開的季節，奶奶的一腔心思也會蓊蓊鬱鬱，一架紫藤齊齊爭豔，卻又淺淺淡淡地繾綣。奶奶的思念如藤，纏纏繞繞的心中一直想著顧工；她聽到顧工的說話聲依然會心跳，聽到顧工的腳步聲依然會慌亂，但她卻又回避他。她知道，現如今，顧工是個公家人，而她……。直到有一天，顧工被打倒了，被人架到臺上批鬥時，奶奶才突然勇敢起來。

奶奶去看他，顧工嚇了一跳，說：「你還敢來，別人躲我還來不及。」

奶奶說：「『牛鬼蛇神』還怕『牛鬼蛇神』嗎？」

顧工被逗笑了。顧工的目光穿過窗戶說：「那棵紫藤還活著嗎？」

奶奶說：「活得好好的。」

顧工嗯了一聲，他的心思好重。

之後的一天，鄉里傳來顧工與妻子雙雙自殺的消息。奶奶從紫藤樹下的竹椅上跳了起來。奶奶領著父親去看顧工，顧工沒死成，但她的妻子卻走了。

顧工極為沮喪，說：「你就別管我了，我本無子女，現在妻也走了，我不怕他們整我，大不了我再走一次。」

奶奶說：「你混帳，你還有妹子，還有兒子！只要活著，就有希望。」

顧工一愣，說：「我兒子？」

奶奶把父親推到顧工前說：「阿華就是你兒子，難道你看不出來？」

那一刻，奶奶和父親成了顧工唯一的精神支柱，顧工總算挨過了那個難關。之後他想跟奶奶結婚，顧工說，在他最困難的時候，奶奶把最珍貴的東西給了他。但被奶奶拒絕了，奶奶說，她不乾淨了，配不上他。奶奶還說：「只要你心裡擱著我。」顧工好說歹說，最終都沒扭過奶奶的韌勁。

奶奶還是一個人過，只有門前的紫藤花，潔白絳紫美若雲霞，在綠意蔥蘢下懸掛，開得地老天荒。

水晶情

此後的漫長日子，高平常會想起那個激情時刻，那個拒絕平庸，追求精神，單純得宛如水晶般的年代。高平常會想起那個早晨，他在毛主席水晶棺試製現場與陳潔相遇，陳潔大大方方地自我介紹，然後伸出手來跟他握手，他當時倏然臉紅。

之後的歲月不管如何飄忽不定，如跌宕起伏，高平常會細細品味那一刻的感受，一個漂亮妹妹坦然一握的觸電，那種稍縱即逝的心疼。只是當時的政治背景，不容許那些小資的心緒暴露在陽光底下。

在攝氏一百度的室內，高平與陳潔穿著帆布工作服，戴著有機玻璃面罩，在距窯內一千五百度高溫一米開外進行操作，中間只隔了層十公分的擋火牆。他們全神貫注地盯著眼前的水晶板，有時為了清除水晶表面一個微小氣泡，必須湊近窯面，瞬間，面罩融化了，粘在臉上登時就被撕去一層皮。每每這時，高平會把陳潔支到後面的氫氧控制室去，那裡的溫度低些。在這種環境下，語言的交流會顯得蒼白，肢體語言和眼神的傳遞，反會把一切表達地更為單純。

高平一直不清楚那是不是他的初戀，他只記得後來的一次，窯前的擋火牆突然出現鬆動並塌下一角，必須馬上搶修。但窯溫不能下降，窯溫陡降會使水晶冷激報廢。沒辦法，大家只能戴上石棉手套，冒火進行搶修。那個場面至今歷歷在目：男的女的，沒有一人退縮，全都搶著上陣，熊熊燃燒著的耐火磚被一塊塊拆下，又重新砌好，在此過程中，不時有人的石棉手套被燒著了，面罩融化後與鼻子相碰發出吱一聲響。就在這時，陳潔昏倒了，那一刻，高平感到了心疼，他手忙腳亂地把她抬到保健室，替她擦汗、冷敷。

高平當時是機關團支部書記，他當時的年齡在那個年代戀愛，絕對屬於早戀。所以高平一邊疼她，一邊卻拒絕著她。二十年後，高平在回憶那段往事時說，為了轉移那份感情，他曾默默下定決心，要燒製出最好的水晶。但水晶是給毛主席做水晶棺的，原與陳潔並無瓜葛，然而故事的發展卻出乎意料地與這種轉移相連，冥冥之中有了某種昭示。

後來水晶棺的試製有了突破性的進展，所有參與單位一律改用燒製小塊棱晶，然後將小塊棱晶通過切割、熔化、加壓成標準水晶板。

高平仍與陳潔搭班一起做棱晶，這種單兵作戰，更需要個人的操作技術。一般而言，一根水晶陀製作一枚棱晶不是太難的事，但那天高平卻對陳潔說：「我們來個合璧雙燒如何？」

陳潔沒明白：「什麼意思？」

高平就笑說：「一次燒製四點五公斤淨料，是一塊；一次燒製九公斤淨料，不就是兩塊了？這樣豈不省料、省氣、省時。」

陳潔的眼中漾起一波清水，說：「好是好，只是很難。」

高平自信地說：「不難，一定能成。」

其實，一次性燒製一個較大棱晶是有難度的，但後生可畏，他們按此設想開始燒製。不料，由於連續數月每天十幾小時的工作，加之高溫消耗，高平的身體嚴重透支，繼之，他又高燒不退。但他就是不肯下線，因為那個大棱晶即將誕生，稍有閃失，便將前功盡棄。高平支撐著，用信念、熱情和水晶般的激情支撐著，在最後一刻，為清除棱晶邊緣的一個氣泡，高平出了工傷，他將一根水晶棒扎進了自己的脖子，但他就此躲過一劫。

許多年以後，當朋友問起他當時的那種熱情和真誠是否可笑時，他平靜地回答：「不管今人如何評價毛澤東，作為一個清洗了中國百年屈辱的偉人！一個讓民族的尊嚴從此站直的偉人！能為他盡點力，是我的一種榮幸。」

偶爾與朋友一起喝茶、閒聊，高平會說：「面對今天的喧囂，哪時的真誠和激情，真是乾淨和美麗。」

「那麼愛情呢？」朋友問。

高平顯得有些憂傷：「水晶般的愛情也許是可遇不可求的，陳潔走了，我的世界不再純粹。」

陳潔是在高平工傷送醫院的那個晚上遇難的。當晚，他們燒製的那個棱晶脫落了，陳潔連夜拿去打磨，出門時，她隨手拉滅電燈，結果，火星引爆了一屋子洩漏的氫氧，陳潔當即身亡。

那枚水晶卻完好無損。淨料十一公斤，無比的晶瑩剔透。

雨做的雲

「冰天雪地」只是女孩的網名，女孩與人網上交流都以該名冠之。

其實女孩很少跟人網上聊天。女孩所學專業是工程給排水，剛進建築設計院，業務上碰到難題喜歡在網上向師哥師姐請教：「『冰天雪地』向各位師哥師姐請教了！」女孩常以這種方式展示一個笑臉。

然而這天，女孩有點不悅，世博展館的那個「海龜」老是給她打電話，「海龜」是個工程監理，喝了幾年洋墨水便老是英語法語的「請問」，說這裡看不懂，那裡沒明白，讓女孩一次次到工地來指導一下。女孩心想：「看不懂圖紙還做啥監理？八個展館的設計進度都有時間節點啊。」然而「海龜」還是讓她來工地！

「楊工，這個臺階是否能改成斜坡，你看旁邊就是消防栓，有點不安全？」

女孩一聽就火了：「搞什麼呀，改坡道是建築的事，找我做啥？」

「你不是負責消防設計的？」

「是消防管道和消防設備！建築改動與消防有啥關係？」女孩不耐煩，聲音撥高了又壓下，女孩怕人說她「不淑女」、說「八〇後」不成熟。她委婉著語氣說：「我給你撥通張工的電話，他負責建築設計，你跟他說吧。」

女孩為這事浪費了半天時間，心裡越想越不得勁，便在網上問師哥：「這『海龜』是否腦子有病？」師哥的網名叫「浪人」，「浪人」回說：「也許他是另有表示呢？」她疑惑：「什麼意思？還另有表示？」「浪人」說：「也許是愛？你不妨換個角度看人。」

「什麼？」女孩吃了一驚，把桌上的「卡布其諾」翻了一地。女孩有點手足無措，看著流了一地的泡沫，心中突然有了一種咖啡情緒。這時手機響了：「風中有朵雨做的雲……」女孩的心又是一動，從未有雨的她，感到了雨意。

「喂，請講。」又是「海龜」。

女孩沒有淡過戀愛，即便在大學，許多個浪漫的邂逅，或是其味像一杯小小的espresso中加牛奶的分手，都沒在她心裡留下漣漪，儘管她喜歡那首〈風中有朵雨做的雲〉，但她更相信自己是「冰天雪地」，立志做一個優秀設計師。

真的，她不喜歡那個「海龜」，他看似敬業，卻表現得極不專業。平心而論，她更喜歡「浪人」，「浪人」談吐高雅，有問必答，給她的設計提出過許多建議，只可惜網上一緣，從未謀面。就像這「卡布其諾」，在巧克力凝固前那種有質感的流動中，你能說清另一番滋味嗎？

「海龜」約女孩喝咖啡，點的還是「卡布其諾」。見女孩冷冷的樣子，「海龜」問：「你討厭我嗎？」

「說不上，我是『冰天雪地』，大學裡男同學都稱我冷美人。」

「海龜」眼睛一亮，說：「你就是『冰天雪地』？我是『浪人』呀！」

「什麼？」女孩把眼睛瞪得圓月一般，「你是『浪人』？不可能！」

「為什麼不可能？『浪人』與現實中的我，差距很大嗎？」

女孩突然不語，只是搖頭。那一刻，女孩心中只有一首歌在反覆唱響：「風中有朵雨做的雲／一朵雨做的雲／雲的心裡全都是雨／滴滴全都是你……」

不做備胎

靠在沙發裡，一時有些茫然，心緒似一團亂麻。

昨天從宜家採購來的東西還沒有拆包裝，不如收拾一下車子吧。好，說幹就幹，把可愛的毛絨娃娃掛上，地毯鋪好，還有香水換掉，車子的後備箱裡放了一箱淨水，還有備胎。收拾完之後，亞楠突然有些猶豫，真要躲開愛的傷害，去做一次毫無目的地旅遊嗎？

這時手機響起，亞楠看了一眼號碼，是李峰？她的每個細胞頓時興奮起來。

李峰是閨密小虹的男友，至少之前是。他長得很帥，一臉陽光，這很讓亞楠心儀。但帥哥是人家的，她無法擺放這種愛情，虛幻的，充滿毒汁的，讓人銷魂蝕骨，卻又無法自拔。

然而有一天，小虹告訴她，家人安排她出國，她的父母親不允許她與李峰繼續來往，他們認為，兩地愛情，無異於風箏的牽線，最終定會被大風刮斷。

那段時間，李峰很痛苦，像瘋了一般。亞楠給他發去短信：「去迪吧活動一下受傷的筋骨吧。」李峰遲遲未予回覆。

正當亞楠準備放棄時，李峰突然來電：「你在哪裡？一起去1314號（一生一世）迪吧找我。」完全是命令似的口吻。

瘋狂的宣洩，也許是冰雪消融的過程；孤獨的感情，很容易被一粒火星點燃快樂。也許同是天崖淪落人吧，他們彼此取暖，彼此需要，漸漸走到一起。

但李滿峰並未鬆口，並未承諾接受亞楠，就像被寒冬封鎖的河流，你能感覺到冰底下春的低吼，但激情要走出黑暗，還需要很長一段時間。

此刻，綠色終於站到春的額頭。亞楠開始洗臉，化上她喜歡的精緻妝容，然後出門。

坐在吧檯邊，她遠遠地看見李峰向她走來。

「亞楠，今晚我要給你一個驚喜。」李峰是這麼開場的。

「什麼？」她看著微笑的李峰。

他把手伸進口袋，掏出了一個小盒子：「嫁給我吧？」

亞楠感到哽咽，她含著眼淚，輕聲問：「理由呢？」

「結婚了，我才可以每天守著你，陪你一起慢慢變老啊。」李峰期待地看著亞楠，慢慢拉起她的手，把戒指向她的無名指上套去。

「不！你們不能！」這時小虹突然出現。亞楠和李峰頓時愕然。

「怎麼是你？」李峰回過神來，甚至有些興奮地問：「真是你嗎？」

「我說服父母親了，他們同意我留下了！」小虹大聲喊叫著，顯得異常興奮，一切似乎順理成章。

亞楠下意識地從李峰的手中抽回手來，然後用最快的速度消失在狂舞的人群中。

回到家，鎖好門，關掉手機，她鬆了一口氣。

她重新整理車子，決定自駕出遊。整理後備廂時，她再次看見那只備胎，她突然覺得自己就像那只備胎，剛準備換上去，卻被意外放棄。

坐上車子的瞬間，她突然淚流滿面，暗想：「愛情要唱自己的主角，不能老把自己放在備胎的位置。」

她放開剎車，踩動油門，車子朝前衝去。

一首〈愛情宣言〉這時在車內環繞：「這是我的愛情宣言／我要告訴全世界／我相信嬰兒的眼睛／我不信說謊的心／我相信鹼鹼的淚水／我不信甜甜的柔情／我相信輕拂的風／我不信流浪的雲／我相信患難的真情……」

釀小說14　PG0926

不敗的秘密

作　　者　梁　剛
主　　編　蔡登山
責任編輯　林泰宏
圖文排版　彭君如
封面設計　王嵩賀

出版策劃　釀出版
製作發行　秀威資訊科技股份有限公司
114 台北市內湖區瑞光路76巷65號1樓
電話：+886-2-2796-3638　傳真：+886-2-2796-1377
服務信箱：service@showwe.com.tw
http://www.showwe.com.tw
郵政劃撥　19563868　戶名：秀威資訊科技股份有限公司
展售門市　國家書店【松江門市】
104 台北市中山區松江路209號1樓
電話：+886-2-2518-0207　傳真：+886-2-2518-0778
網路訂購　秀威網路書店：http://www.bodbooks.com.tw
國家網路書店：http://www.govbooks.com.tw
法律顧問　毛國樑　律師
總 經 銷　聯合發行股份有限公司
231新北市新店區寶橋路235巷6弄6號4F
電話：+886-2-2917-8022　傳真：+886-2-2915-6275

出版日期　2013年3月　BOD一版
定　　價　340元

Printed in Taiwan

國家圖書館出版品預行編目

不敗的秘密 / 梁剛著. -- 一版. -- 臺北市：醸出版,
2013.03
面； 公分. --（醸小説；PG0926）
BOD版
ISBN 978-986-5871-18-5（平裝）

857.63 102002144

讀者回函卡

感謝您購買本書，為提升服務品質，請填妥以下資料，將讀者回函卡直接寄回或傳真本公司，收到您的寶貴意見後，我們會收藏記錄及檢討，謝謝！如您需要了解本公司最新出版書目、購書優惠或企劃活動，歡迎您上網查詢或下載相關資料：http:// www.showwe.com.tw

您購買的書名：________________________________

出生日期：________年________月________日

學歷：□高中（含）以下　□大專　□研究所（含）以上

職業：□製造業　□金融業　□資訊業　□軍警　□傳播業　□自由業

□服務業　□公務員　□教職　□學生　□家管　□其它______

購書地點：□網路書店　□實體書店　□書展　□郵購　□贈閱　□其他

您從何得知本書的消息？

□網路書店　□實體書店　□網路搜尋　□電子報　□書訊　□雜誌

□傳播媒體　□親友推薦　□網站推薦　□部落格　□其他__________

您對本書的評價：（請填代號　1.非常滿意　2.滿意　3.尚可　4.再改進）

封面設計____　版面編排____　內容____　文／譯筆____　價格____

讀完書後您覺得：

□很有收穫　□有收穫　□收穫不多　□沒收穫

對我們的建議：________________________________

____

____

____

請貼
郵票

11466
台北市內湖區瑞光路 76 巷 65 號 1 樓
秀威資訊科技股份有限公司 收
BOD 數位出版事業部

（請沿線對折寄回，謝謝！）

姓　　名：＿＿＿＿＿＿＿＿　年齡：＿＿＿＿　性別：□女　□男

郵遞區號：□□□□□

地　　址：＿＿＿＿＿＿＿＿＿＿＿＿＿＿＿＿

聯絡電話：（日）＿＿＿＿＿＿＿＿（夜）＿＿＿＿＿＿＿＿

E-mail：＿＿＿＿＿＿＿＿＿＿＿＿＿＿＿＿